글
쓰는 것이 아니다
짓 는 것 이 다

글

쓰는 것이 아니다

짓 는 것 이 다

김동인 · 최학송 · 김남천 외 지음

루이앤휴잇

글!
쓰는 것이 아니다, 짓는 것이다

글은 무작정 쓴다고 되는 것이 아니다. 만일 그렇다면 적지 않은 사람이 글 때문에 고민하고, 글을 못 쓸 이유가 없다.

글을 쓰는 것은 집을 짓는 것과도 같다. 집을 짓기에 앞서 면밀한 설계도가 필요하듯, 글쓰기 역시 탄탄한 구조와 좋은 재료가 마련되지 않으면 좋은 글을 쓸 수 없기 때문이다. 이에 대해 세탁 공장 직원, 건물 경비원에서 세계 최고의 베스트셀러 작가가 된 스티븐 킹은 이렇게 말한 바 있다.

"글쓰기는 집을 짓는 것과도 같다. 좋은 집을 짓기 위해서는 좋은 재료를 잘 갖춰놓아야 한다."

그는 글을 잘 쓰기 위한 요소를 '좋은 재료'에 비유했다. 목수가 좋은 연장으로 튼튼한 집을 짓듯 글을 쓰는 사람 역시 좋은 낱말과 문장, 단어, 문법 등이 차곡차곡 담겨있는 좋은 재료를 평상시에 준비하고 있어야 한다는 것이다. 여기에 화려한 문체나 어려운 낱말 대신 쉽고 간단한 표현과 적절한 묘사가 글쓰기의 기본이다.

그저 생각나는 대로 무작정 글을 쓰는 것은 설계도 없이 집을 짓는 것과도 같다. 과연, 그런 집이 세월의 무게를 이겨낼 수 있을까?

　그런 집은 절대 오래 갈 수 없다. 나아가 독자를 설득하거나 이해시키는 것은 물론 감동하게 할 수도 없다. 그러므로 독자를 설득하기 위해서는, 독자를 이해시키기 위해서는, 독자를 감동하게 하기 위해서는 목수가 하나하나 정성을 다해 최고의 집을 짓듯 좋은 재료를 이용해 자신만의 철학과 생각이 담긴 글을 지어야만 한다.

　긴 글을 쓰라는 말이 아니다. 한 줄의 글을 쓰더라도 얼개(어떤 사물이나 조직 전체를 이루는 짜임새나 구조)를 맞춘 후 거기에 맞춰 써야 한다는 것이다. 예를 들면, 단 한 줄의 카피로 상품의 특징을 전달하고, 소비자를 유혹해야 하는 광고 카피는 오랜 시간에 걸친 사유 끝에 나오는 생각과 고민의 결정체다. 그 때문에 단 한 줄에 불과하지만 그 안에는 수십여 채의 집을 짓고도 남을 만큼의 얼개로 이루어져 있다. 짧은 글을 통해 마음을 표현해야 하는 시나 에세이 역시 마찬가지다.

　버지니아 울프는 첫 소설《출항》을 출간하기까지 무려 7년이라는 시간이 걸렸다. 또한, 부커상 수상작인 살만 루시디의《한밤의 아이들》은 16년 만에 세상에 나왔고, 헤밍웨이의《무기여 잘 있거라》는 엔딩을 무려 47가지를 썼다가 하나로 결정했다. 그러니 그 작품의 얼개는 어떻겠는가? 마치 잘 지은 한 채의 집처럼 꼼꼼하고 탄탄하기 이를 데 없다. 모름지기, 글이란 이래야 하지 않을까? 그런 점에서 글은 쓰는 것이 아니라 짓는 것이다는 말은 일견 타당하다.

| 차례 |

좋은 소설을 쓰기 위해서는 습작을 충분히 해야 한다. 그리고 그 기간을 넘어선 뒤에 비로소 정식으로 발표하는 것이 좋다. 그러나 많은 사람이 지나치게 서두르는 경향이 있다. 세상으로부터 인정받고, 작가로 인정받으려는 성급함 때문이다. 그러나 완전하지 못한 작품을 발표하는 것은 자신에게도 결코 도움이 되지 않는다. 작가로서 칭송받을 수 없을 뿐만 아니라 부끄러운 증거물을 세상에 영원히 남기는 일이기 때문이다. 따라서 충분히 습작한 후 작가라고 불러도 전혀 부끄럽지 않을 때 비로소 작품을 발표해야 한다.

소설가 지망생에게 해주고 싶은 당부
_ 김동인 _

　톨스토이가 법학을 전공하다가 중도에 퇴학하였다는 것은 후진(後進, 같은 분야에서 자기보다 늦게 종사하게 된 사람)에게 큰 영향을 주었다. 아닌 게 아니라 이 글을 지금 쓰고 있는 필자 역시 장래 문학자가 되려는 욕심을 품고도 화학교(畫學校, 미술을 가르치는 학교)에 입학했다가 중도에 그만둔 적이 있다.

　소설가 되는 데는 천분(天分, 타고난 재능이나 직분)이 으뜸이다. 다른 것은 버금가는 것이다. 소설 작법은 전문적으로 가르칠 수도 없을뿐더러 설령, 가르친다고 해도 그대로 되는 것이 아니기 때문이다. 예를 들면, 목공과 출신이 책상을 만들 듯 소설 역시 규칙대로 만들기만 해서는 안 된다.

　전문(專門, 전문학교) 출신이라고 하는 것은 그 사람에게 무게를 주고, 관록을 주며, 살아가는 데 있어 어느 정도 자신감을 준다. 이를 바꿔 말하면, 전문을 나왔다는 것은 그 사람에게 인생을 겁내지 않게 하는 어떤 힘을 준다. 특히 소설가에게는 이런 종류의 어떤 힘 ― 뱃심이라고 할까 ― 이 필요하다. 그런 의미에서 전문 출신이라는 것이 직접적으로 소설가를 만들어내는 데는 그다지 큰 힘이 되지 못하지만 간접적으로는 적지 않은 도움이 된다고 할 수 있다.

톨스토이의 부질없는 행동은 그가 죽은 뒤 백 년 동안 꽤 많은 악영향을 남겼다.

지금으로부터 약 이십 년 전, 춘원(소설가 이광수의 호)이 《창조》지에 조선의 문사(文士, 글 쓰는 일에 종사하는 사람)로서 전문학교를 나온 사람이 거의 없음을 애석해하며 〈문사와 수양〉이라는 글을 게재했다가 몇 사람으로부터 심한 반박을 받은 일이 있다. 하지만 그것은 결코 반박할 일이 아니었다.

좋은 소설을 쓰려면 문장에 유의하는 것 또한 중요하다. 문장 따위는 중요하지 않다며 조소하는 이들이 많지만, 이는 말도 안 되는 얘기다. 문예라는 것이 문장 예술인 이상, 문장을 무시하고는 문예가 존재할 수 없기 때문이다. 예술상에 나타난 사실 ― 즉, 소재라는 것은 여기저기 아무 데나 굴러다니는 것이다. 따라서 누구나 보고 ― 대수롭지 않게 넘기는 것이다. 이것을 예술화하는 것은 오직 문장의 힘이다. 음악을 구성하는 것은 음향이요, 문예를 구성하는 것은 문장인 것이다. 그러니 어찌 문장을 대수롭지 않게 여기고 무시할 것인가?

하지만 "문장은 사물의 뜻을 나타낼 수만 있으면 된다."며 문장을 가

볍게 생각하는 사람들 역시 적지 않다. 하지만 사물의 뜻을 나타내는 그 정도—즉, 표현의 우열이 작품의 우열일 수도 있음을 알아야 한다. 물론 여기서 얘기하는 문장의 우열이 미문(美文)과 비미문(非美文)을 가리키는 것은 결코 아니다.

수년 전만 해도 "나는 집으로 돌아와서, 내가 피곤한 까닭으로, 나는 자리를 깔고 잔다."는 등의 말도 안 되는 문장을 쓰는 사람이 적지 않았다.

지금은 거친 문장을 쓰는 사람이 매우 많다. 문장이 거칠어서 문장을 요해(了解, 해석)하려는 노력으로 글의 뜻을 잊기 쉬운—이런 문장을 쓰는 사람이 많다. 학교에서 우리 말을 가르치지 않기 때문에 홀로 독학을 해야 하지만, 이런 노력에 힘을 아끼지 않는 것이야 말로 결코 헛수고가 아닐 것이다.

좋은 소설을 쓰려면 작품 속에 지나치게 시대사상을 나타내지 않는 것 역시 매우 중요하다.

"그 시대를 살아가는 사람이 시대에 물드는 것은 당연하며, 소설 역시 사람이 쓰는 것이니 당연히 시대사상을 담아야 한다."고 말하는 사람도 물론 있다. 그러나 이는 결과와 원인을 잘 모르고 하는 말에 불과하다. 피할 수 없는 것은 사실이되, 피할 수 있는 것은 피해야 하기 때문이다.

소설은 영원성을 띈다. 따라서 시대사상이 지나치게 드러날 경우 그 시대가 지난 뒤에는 잊히고 만다.

수년 전까지만 해도 사상적 청년이 활약하는 모습을 그린 소설이 유행했다. 그러다 보니 그렇지 않은 것은 아예 소설로 취급하지도 않았다. 그러나 지금 그때 그 소설을 다시 검토한다면 영구성을 가진 것이 얼마나 될까? 그러므로 시대성을 결코 피할 수는 없되, 피할 수 있는 것은 가능한 한 피해야 한다.

예술가는 예술가일 뿐, 결코 지도자나 사상가가 되어서는 안 된다. 따라서 글을 쓰는 사람은 발표욕보다 창작욕이 앞서야 하며, 가능한 한 발표욕은 억제해야 한다.

가끔씩 전혀 모르는 사람으로부터 '어느 신문이고 잡지고 간에 소개해 달라'는 편지와 함께 원고가 오곤 한다. 하지만 그 대부분은 습작기를 면치 못한 수준에 불과하다.

좋은 소설을 쓰기 위해서는 습작을 충분히 해야 한다. 그리고 그 기간을 넘어선 뒤에 비로소 정식으로 발표하는 것이 좋다. 그러나 많은 사람이 지나치게 서두르는 경향이 있다. 세상으로부터 인정받고, 작가로 인정받으려는 성급함 때문이다. 그러나 완전하지 못한 작품을 발표하는 것은 자신에게도 결코 도움이 되지 않는다. 작가로서 칭송받을 수 없을 뿐만 아니라 부끄러운 증거물을 세상에 영원히 남기는 일이기 때문이다. 따라서 충분히 습작한 후 작가라고 불러도 전혀 부끄럽지 않을 때 비로소 작품을 발표해야 한다. 그렇지 않으면 자기 모욕에 불과하다.

생활이라는 현실적인 문제 역시 무시할 수 없다. 현재 글을 쓰는 것만으로 생활을 유지할 수 있는 사람은 거의 없다. 그러므로 글을 쓰려면 집안에 재산이 넉넉하던지, 다른 안정된 직업이 있어야만 한다. 하지만 두뇌를 너무 많이 사용하는 직업은 창작에 방해가 될 것이므로 이 역시 충분히 고려할 필요가 있다.

다독(多讀)이 필요함은 너무도 당연하다. 또 어떤 사물을 대하든 간에 잘 관찰해야 한다는 것 역시 거듭 말할 필요가 없다.

요컨대, 소설가를 지망하는 사람은 먼저 천분(天分, 타고난 재능이나 직분)이 있어야 할 것이며, 그다음으로는 다양한 경력과 경험이 필요하다. 나아가 그것을 잘 관찰하여 머릿속에 적어 넣어야 하며, 그것을 다시 글로 표현할 수완과 역량, 문장화할 수 있는 재능이 필요하다. 적어도 이 정도는 반드시 갖춰야 한다.

하지만 어찌 그것만 가지고 좋은 소설가가 될 수 있으랴.

소설을 쓰는 사람 중에는 너무도 쉽게 출세했다가 너무도 급격하게 몰락하는 이 역시 적지 않다. 생각건대, 그런 이들은 최소한의 조건을 갖추는 것조차 유의하지 않았던 것임이 틀림없다.

-1939년 5월 《조광》

창작수첩

김동인

소설의 묘사

소설 수법 중 '묘사(描寫, 어떤 대상이나 사물, 현상 따위를 언어로 서술하거나 그림을 그려서 표현하는 것)'라는 것이 있다. 또 그 안에는 '조리(調理, 어떤 일이나 사리를 좇아 잘 처리함)'라는 것이 있는데, 이는 새삼 말할 필요가 없을 것이다.

태서(泰西, 서양)의 모 대가 역시 그런 말을 했거니와, 소설 수법에 있어서 '사실을 사실 그대로, 즉 있는 그대로 정확하게 묘사하는 것'을 사실 묘사라고 한다.

정확히 관찰하고 파악하여 '실제 있었던 일'을 혹은 '실제 일어날 수 있는 일'을 사실처럼 묘사하는 것이 결코 리얼은 아니다. 이는 영상으로 비유하자면 '사진'에 지나지 않는다.

'사진'은 소설 수법상 결코 리얼이 아니다. 또 리얼이 될 수도 없다. 소설 수법상 리얼이라 함은 위에서도 말한 것처럼 '있음직한 사실'이어야만 한다. 정확히 말하자면 "그런 일이 어디 있으랴." 라고 생각되는 일이라도 독자가 책을 읽는 중 부자연스러움을 느끼지 않게 하는 것, 이것이 바로 리얼이다.

소위, 인간 사회라든가, 인간 사회의 실제 현실이라는 것은 그 진전이며 단원의 법칙에 있어서 그리 자연스럽다고 할 수 없다. 그 태반(太半, 절반 이상)은 부자연스럽게 진전될 뿐만 아니라 부자연스럽게 결말짓기 때문이다. 따라서 작품의 내용 역시 부자연스럽기 그지없다.

사실 우리가 사는 세상은 그 자체가 부자연스러울 뿐만 아니라 모순천지다. ─아니, 그것이 부자연스럽고 모순이라고 생각하는 사람의 '성격'이야말로 부자연스럽고 모순된 것임이 틀림없다. 세상이 자신의 천성과 일치되지 않기 때문에 세상을 모순적이라고 생각하는 것이다. 따라서 세상이 모순되지는 않을 것이다. 왜? 사람의 세상은 즉 '자연' 그대로이니까. 그러므로 '자연적인 인간 세상'을 '모순적인 인간성'으로 보게 되면 도리어 그것이 모순되게 보이는 것이다. 그 때문에 자연적인 사람의 세상을 정확하게 묘사하면 도리어 그것이 사람의 천성과 배치되는 것이다. 그 결과, 사람의 눈에는 그것이 오히려 더 부자연스럽고 모순되게 보이게 된다. 이는 불구자들이 사는 동네에 가서 살면 멀쩡한 사람이 도리어 불구자로 보이고 불구자 대접을 받는 것과 똑같은 이치다.

소설의 묘사(주로 성격 묘사)에 있어서 사람의 자연적 성격과 그 진전을 사실 그대로 그릴 경우 불구자인 '사람'은 그것을 부자연스럽다고 할 것이 틀림없다. 자신과 다르기 때문이다. 즉 '자연적'이라는 말과 소설 수법상의 자연적이라는 것은 현저히 다를뿐더러 정반대의 뜻을 갖고 있다. 그러니 사실 그대로를 묘사했다거나 실제로 경험한 것을 그대로 썼다는 말은 실상 부자연스럽다는 말에 지나지 않는다. 따라서 그 소설 역시 부자연스럽기 그지없다. 똑같은 의미로, 소설이 자연스럽다든지, 자연스러운 진전을 보인다는 것 역시 실제 사실—즉, 현실과 자세히 대조하면 부자연스러운 사실이요, 있을 수 없는 현실이다. 예를 들면, 어떤 작품에 대해서 "그 작품은 작품 인물의 성격이나 사건의 진전이 극히 부자연스럽다."고 할 경우, 그 작가는 이렇게 말할지도 모른다.

"이 작품은 내가 실제 겪은 것을 쓴 것이다."

하지만 이 역시 이치를 모르기 때문에 생긴 일이다. 실제로 있었던 일을 그대로—순화하지 않고 기록한 나머지 자연미를 잃어버렸을 수도 있기 때문이다.

소설의 순화

소설 수법 중 '순화(純化, 복잡한 것을 단순하게 함)'라는 것이 있다. 이는 성격 묘사나 사건 전개에 있어 필요한 수법으로 '(작중 인물의) 성격 부여' 혹은 '사건 심화'에 없어서는 안 될 매우 중요한 요소다. 이를 알기 쉽게 설명하자면 '회화'에 비유할수 있다.

어떤 물체(경치·정물·인물 등 무엇이든 간에)를 지면 위에 표현하는 방법에는 두 가지가 있다. 사진과 회화가 바로 그것이다. 특히 사진의 경우 그 대상은 물론 그 주변의 모든 것을 남김없이 캐치한다. 반면, 단점도 있다. 이를 보는 사람이 무엇이 목적물이며, 중요한지 알 수 없다는 것이다. 다시 말해, 작가의 주관이라는 것을 나타낼 수 없다.

그에 반해 회화는 작가의 주관을 명확하게 나타낼 수 있다. 이에 필요한 것만 명확하게 표현하고 중요하지 않은 것은 아예 무시하거나 두루뭉술하게 표현할 수 있다. 요컨대, 목적물을 명료하게 하기 위해 애당초 구상에 없던 사람 역시 더할 수 있다. 그뿐만 아니라 작가의 주관에 의한 첨삭이 가능하며, 색깔이나 형태, 위치까지도 마음대로 바꿀 수 있다. 또 인물과 정물을 추가할 수도 있으며, 화제에 따라 자유롭게 표현할 수도 있다. 그 결과, 보는 사람이 한눈에 무엇이 중요한지 알 수 있다.

소설에서는 순화가 그 역할을 담당한다.

먼저 '사건'으로 이를 논하자면, 소설의 진전과 그다지 관계없는 사건은 아무리 주인공의 일이라도 가감 없이 없애 버린다. 그렇지 않으면 아주 가볍고 작게 취급한다. 중요한 것은 과장하고, 중요하지 않은 것은 적당히 표현하는 것이다. ─이를 순화라고 한다. 그러므로 순화가 부족할수록 세련되지 못한 작품이라고 할 수 있다. 순화가 소설의 생명을 지배하는 귀중한 역할을 하기 때문이다.

성격의 단순화

사람의 천성은 복잡하기 짝이 없다. 따라서 사람이 행하는 일 역시 복잡하고 예단을 허락하지 않는다.

아무리 정직한 사람이라도 교활한 면이 있고, 아무리 성인군자라도 불량한 면이 있기 마련이다. 이는 사람 안에 만성(萬性, 만 가지 성격)이 내재되어 있기 때문이다. 그 때문에 정직성이 강한 사람을 일러 정직한 사람이라고 하고, 잔혹성이 강한 사람을 일러 잔혹한 사람이라고 칭할 뿐, 실제 인간은 아무리 정직한 사람이라도 만 가지 성격(강하고 약한 차이는 있을망정)을 다 가지고 있으며, 아무리 악인이라도 성인(聖人)의 일면과 자비를 가지고 있다.

소설의 성격 묘사에 있어서 그 복잡다단한 인간성을 그대로 작중 인물에 여실히 부여할 수는 없다. 이는 기술상으로도 불가능한 일일뿐더러 만약 그렇게 했다가는 독자가 그 인물의 성격을 도저히 파악할 수 없기 때문이다. 이에 성격의 단순화가 필요하다.

성격의 단순화란 작중 인물을 분류한 후 거기에 맞는 성격만을 부여하는 것이다. 즉, 복잡다단한 여러 가지 성격 중 한 가지 성격만을 부여하는 것이다. 예를 들면, 소심한 인물의 경우 소심한 면만 부여하고, 쾌활한 인물에게는 쾌활한 성격만 부여한다. 그렇게 해서 (소설 속의) 인물이 완전한 성격을 가졌다고 가정하는 것이다. 그렇게 해야만 독자가 그 인물을 쉽게 이해할 수 있기 때문이다. ─이것이 곧 성격의 단순화다. 예를 들면, 톨스토이의 명작《전쟁과 평화》에 등장하는 인물 중 안드레 공작은 총명함의 일면을, 피에르 공작은 음울함의 일면을, 로스토프 백작은 열성적인 일면의 성격을 부여받고 있다. 이는 작가가 자신을 해부하여 여러 유형으로 나눈 후 그 일면을 작중 인물에게 부여했기 때문이다.

사람의 성격은 절대 단순하지 않다. 그렇다고 해서 복잡한 면을 그대로 소설에 나타내게 되면(사실 이런 표현 역시 불가능하다), 독자는 도저히 그 인물을 이해할 수 없다. 이에 한 명의 인물에게 하나의 성격만을 부여하는 단순화가 필요하다.

중요한 것은 그렇게 할 경우 글이 부자연스럽지 않느냐는 것이다. 하지만 이는 기우(杞憂, 쓸데없는 걱정)에 지나지 않는다. 수많은 인물이 등장하는 《전쟁과 평화》의 경우 전혀 그런 느낌이 들지 않기 때문이다. 물론 피에르에게도 안드레의 일면이 있고, 로스토프에게도 피에르의 일면이 있다. 그것이 자연적인 현상이다. 그러나 이는 적어도 소설에서만큼은 부자연스러운 것이다. 성격을 단순화하고 나서야 비로소 '소설적 자연성'을 이룰 수 있기 때문이다.

중요한 것은 사건의 순화와 함께 성격의 단순화는 소설의 구성 및 기법상 없어서는 안 될 요소라는 것이다.

심리 묘사

소위 사물에는 과(過)와 부족(不足)과 적(適)의 3종류가 있다. '적'을 최상으로 잡고, '과'와 '부족'을 불완전하다고 보는 것이 바로 그것이다.

그러나 경우에 따라서는 '부족' 또는 '불급(不及, 일정한 수준이나 정도에 미치지 못함)'보다 '과'를 중요하게 잡는 경우도 있다. 과할지언정 '미급(未及, 아직 미치지 못함)'하면 안 되기 때문이다. '과' 하면 과한 것을 없애버리고 '적'에 합치되니, 이렇게 하는 것도 무리는 아니다. 그러나 소설 묘사―즉, 서술에서는 그와 반대인 경우가 많다. 부족하면 부족하지 과한 것은 꺼리기 때문이다. 그래서인지 어떤 장면, 어떤 심리 묘사에 있어서 '과'보다 '미급'을 취하는 경우가 매우 많다. 하지만 '미급'이라고 해서 독자가 도저히 이해할 수 없는 정도는 결코 아니다.

사실 어느 정도는 독자의 상상과 자유에 맡기는 것이 필요하다. 이에 작가는 적절한 지점에서 글을 멈출 줄 알아야 한다. 어느 선에 이르러 독자의 '상상'과 자유 판단에 맡기는 것―이것 역시 창작 기교상의 불가결한 요소 중 하나이기 때문이다.

'묘사하여 남김이 없다'는 것은 독자에게 빽빽하고 답답함을 느끼게 할 뿐이다. 이에 작가는 어느 지점에 이르면 독자에게 상상할 수 있는 마음의 여유를 줘야 한다.

독자는 작가가 간략(簡略, 간단하고 짤막하게 줄임)한 데서 잔향(殘香, 잔잔한 향기)을 맛보고 여향(餘響, 소리가 그치거나 거의 사라진 뒤에도 아직 남아 있는 음향)을 들을 수 있어야 한다. 이에 작가 역시 적당한 '불서(不書)'를 남겨 놓아야 한다.―이것이 그 작품으로 하여금 잔향을 갖게 하는 중요한 수법 중 하나다.

물론 지나치게 생략하여 독자가 이해할 수 없게 되면 그것 역시 무의미하고 무가치한 일이다. 글을 지나치게 나열하는 것 역시 마찬가지다. 글이 쓸데없이 길면 긴장감이 떨어지기 때문이다. 예컨대, 격노한 장면이나 심리를 묘사함에 '주먹이 XX의 뺨으로 날아갔다.' 쯤으로 간략히 서술해도 될 것을 너무 장황하게 설명하게 되면 오히려 독자의 상상력과 긴장감을 떨어뜨리게 된다.

작가 중에는 지나치게 친절함을 보이기 위해서 매우 장황하게 설명하거나 반대로 간략하게 서술하는 것을 걱정하는 이들이 적지 않다. 하지만 이 역시 쓸데없는 걱정에 불과하다. 독자 중에는 작가 이상으로 감수성이 예민하고 이해력이 높은 이들이 많기 때문이다.

너무 상세한 해설은 독자에게 용만(冗漫, 쓸데없이 긴)한 느낌과 지루함만 줄 뿐이다. 그 결과, 그것을 읽는 독자의 머리 역시 복잡하게 만들어 명확하고 날카로운 감명을 얻지 못하게 한다.

음식을 먹을 때도 포식보다는 약간 부족함을 느낄 때 멈추는 것이 좋듯, 소설 역시 약간 미흡할 정도(물론 작가의 이런 의도를 독자가 알고 충분히 이해할 수 있을 정도로 써야 하지만)에서 멈추고, 나머지는 약간의 암시만으로 독자가 상상의 날개를 펼 수 있도록 해야 한다.

－1941년 5월 25일, 28일~31일《매일신보》

비평에 대하여

김동인

이 글은 어떤 개인 비평가에게 주는 것이 결코 아닙니다. 현재 우리 비평계에 너무 잘못된 것이 많기에, 비평가 전체 나아가 독자 여러분의 주의(注意)를 환기하고자 쓰는 것일 뿐입니다. 또 여기서 말하는 비평이란 사회비평이나 문명비평이 아닌 창작비평을 말하는 것입니다.

혹 어떤 사람이 "조선에 비평가가 있냐?"고 물으면, 나는 확실히 대답하지 못할 것 같습니다. 이 글을 쓰게 된 이유는 바로 거기에 있습니다.

비평이 존재할 이유는 도대체 뭘까요? 그 비평을 받는 작가를 지도하는 것일까요?

절대 그렇지 않습니다. 만약 여기, 비평으로 말미암아 좌우되는 작가가 있다면, 그 작가는 자신만의 기준과 특징이 없다고 할 수 있습니다. 그러니 작가로서 존재할 이유가 없습니다.

확호불변(確乎不變, 아주 든든하고 굳세게 바뀌지 않음)의 푯대(목표

글
쓰는 것이 아니다
짓 는 것 이 다

로 삼아 세우는 대)가 있는 작가라면 비록 천만 명이 부르짖더라도 절대 움직이지 않아야 합니다.

비평은 작가를 지도하는 것이 절대 아닙니다. 비평은 민중을 지도하는 것입니다.

감상력이 부족한 민중에게 감상법을 가르치는 것─이것이 바로 비평의 역할이요, 비평이 존재하는 이유입니다. 그러므로 비평가는 신중하게 작품에 접근해야 합니다. 그리고 작품의 장단점을 정확하게 파악하여 민중에게 전달해야 합니다.

비평가의 상대가 작가라면 좀 그릇되게 평하는 점이 있더라도, 작가에게는 푯대라는 것이 있기 때문에 괜찮습니다. 하지만 상대가 일반인일 경우─그것도 문예 감상력이 부족한─는 그들의 한 마디 한 마디가 매우 중요한 역할을 합니다. 사회적 반향을 불러일으킬 수도 있기 때문입니다. 따라서 자동차 운전수 이상의 긴장된 마음으로 비평을 해야 합니다. 그래서 '창작보다 비평이 어렵다'는 말도 있는 것입니다.

비평가는 절대 선입견을 가져선 안 됩니다. 그렇게 되면 공정한 비평을 할 수 없기 때문입니다. 이렇게 말하는 저를 바보라고 할 사람이 있을지도 모릅니다. 하지만 지금 조선의 일류 비평가─라고 자칭하는 사람─가운데도 선입견으로 가득 찬 사람이 적지 않습니다.

사조 A의 신봉자인 '비평가 갑'이 있다고 합시다. 그리고 사조 B의 신봉자인 '작가 을'이 사조 B를 주제로 한 작품을 발표했다고 합시다. 당연히 비평가 '갑'은 자신의 푯대인 사조가 A라며 B를 배척하고 비평할 것이 틀림없습니다. 과연, 그것이 공정한 비평일까요? 또 자신과 같은 A라고 그것을 칭찬한다면 그것 역시 옳은 일일까요?

주조뿐만이 아닙니다. 작법이든, 묘사법이든 선입견에 사로잡혀서 평하는 것은 공정하지 못한 것입니다.

이전에 모 신문에 다음과 같은 글을 쓴 적이 있습니다.

"비평가에게 '권리'는 없다. 따라서 비평가는 작가에 대해서 어떤 권리와 의무도 갖고 있지 않다. 그러므로 마치 재판관처럼 작가를 낱낱이 파헤쳐선 안 되며, 활동사진의 변사처럼 진실하고 경건한 마음으로 관객과도 같은 민중에게 작품에 관해서 정확히 설명해야 한다."

당연히 이에 대한 반박도 있었습니다. 신성한 문예 비평가를 활동사진의 변사마냥 비하해서는 안 된다는 것이 바로 그것입니다.

하지만 예술비평가를 무엇엔들 비유하지 못할 이유가 도대체 뭡니까? 똥엔들 비유하지 못할까요?

다시 말하지만, 비평가는 선입견을 가져서는 안 됩니다. 다만, 작품의 조화된 정도 — 다시 말해 작품 속에 작가가 나타내려고 한 의도가 정확하게 나타났는지 나타나지 않았는지 — 또다시 말하자면, 그 작품이 예술적 가치가 있는지 없는지, 이것만 평가해야 합니다. 그렇지 않고 글에 나타난 사상이 자기 마음에 들지 않는다고 해서 악평을 해서는 안 됩니다. 하물며, 작가에 대한 인신공격은 절대 삼가야 합니다. 그것은 죄에 지나지 않기 때문입니다. 곧, 비평가는 작가에 대해서 아무런 권리도 갖고 있지 않음을 절대 잊어서는 안 됩니다.

정말 이런 말은 하기도 싫지만, 비평가는 작가에게 ― 좋은 감정이든, 나쁜 감정이든 ― 감정을 갖고 비평해서는 안 됩니다. 감정을 가지면 그 비평이 공정하지 못할 테니까요.

이런 일이 있었습니다.

A라는 사람이 《학지광(1914년 4월에 창간된 조선 유학생학우회 기관지)》 편집을 담당하던 때 B라는 사람이 투고를 하였습니다. 그러나 A는 그 글을 가치 없는 것으로 생각하고 책에 싣지 않았습니다. 그러다가 몇 달 후 A가 다른 출판사에서 소설을 냈는데, 이를 본 B는 곧 A의 소설을 비평한 원고를 출판사에 보냈습니다. 그 첫머리에 이런 말이 있었습니다. 다행히 이 부분은 출판사 편집인이 삭제해서 세상에 발표되지 않았다고 합니다.

"이전에 내가 《학지광》에 투고를 했을 때 A가 내 글을 퇴(退)하였기에, A는 과연 얼마나 글을 잘 쓰나 하고 그의 소설을 읽어봤더니……"

이런 사적인 감정으로 비평하려는 이가 있으니 한심할 뿐입니다.

또 가까운 예로, 이기세(연극인·신파연극의 주도자로 《빅타사》의 문예부장을 지냄)가 〈현당극담(조선에는 연극이 없다는 것과 신파극은 연극이 아니라는 것을 주장한 현철의 글)〉에 관해서 평한 〈소위 현당극담〉이란 비평이 있습니다.

하지만 이 역시 인신공격과 자기변명으로 일관한 악평에 지나지 않습니다. 입이 딱 벌어질 뿐입니다.

아는 사람의 작품은 비평할 수 없다고 합니다. 이는 얼마간 양보한다는 뜻도 있지만, 아는 사람의 작품을 비평하면 작품에 대한 비평보다는 작가에 대한 평이 섞이기 때문에 조심해야 한다는 뜻입니다.

비평가로서 어떤 작품을 비평하려면, 그 작품의 작가와 같은 감정 아래 자신을 두고, 그 작품을 보지 않으면 안 됩니다. 나아가 이는 보는(見) 것이 아닌 관찰(觀)하는 것이어야 합니다.

'觀者不見'이라는 말이 있습니다. 그 말처럼 보는 것만 가지고는 절대 비평을 할 수 없습니다. 마음의 눈으로 봐야 합니다. 그런데 비평가 대부분은 작품을 본 감상문을 평(評)이라고 합니다. 작품에 대한 감상과 평가는 엄연히 구별해야 합니다. 감상에는 자신의 의견이 존재할 여지가 있지만, 평에는 절대 자신의 의견이 존재하지 않기 때문입니다.

"이러저러하니, 이 작품은 글렀다."

이는 내리찍는 비평이지 절대 의견이 아닙니다. '만인이 수긍할 의견'이 평이요, 자기 한사람의 의견은 의견에 지나지 않습니다.

이런 평범한 글을 쓴다며 흉을 볼 사람도 있겠지만, 이런 평범한 일도 모르는 사람이 많은지라 한낱 자극이라도 될까 싶어서 한번 써봤습니다.

- 1921년 5월 《창조》 제9호

예술에 있어 기교는 무시할 수 없다. 어떤 사상과 감정을 예술로 표현하자면 반드시 거기에 맞는 기교가 필요하기 때문이다. 그러므로 아무리 훌륭한 생각이라도 그것을 표현할 만한 기교가 없다면 그 생각은 하나의 생각으로서 머릿속에서만 맴돌고 있을 뿐, 예술품은 아니다. 하지만 기교는 기교일 뿐, 내용을 표현하는 데 있어 수단과 방법으로만 사용해야 한다. 그렇지 않고 기교를 위해 내용 — 즉, 사상과 감정을 수단과 방법으로 끄집어온다면 그 예술품은 전혀 가치가 없게 된다. 그것은 마치 화장과 옷차림으로만 미인이 되려는 것과 별반 다른 점이 없다.

내용과 기교
최학송

　예술에 있어 기교는 무시할 수 없다. 어떤 사상과 감정을 예술로 표현하자면 반드시 거기에 맞는 기교가 필요하기 때문이다. 그러므로 아무리 훌륭한 생각이라도 그것을 표현할 만한 기교가 없다면 그 생각은 하나의 생각으로서 머릿속에서만 맴돌고 있을 뿐, 예술품은 아니다.

　그 때문에 예술가는 기교를 무시할 수 없다. 또한, 같은 예술품이라고 하더라도 표현 기교의 우열에 따라서 그 가치가 좌우되기도 한다.

　하지만 기교는 기교일 뿐이다. 그러므로 어떤 내용을 표현하는 데 있어 수단과 방법으로만 사용해야 한다. 그렇지 않고 기교를 위해 내용 ─ 즉, 사상과 감정을 수단과 방법으로 끄집어온다면 그 예술품은 전혀 가치가 없게 된다. 그것은 마치 화장과 옷차림으로만 미인이 되려는 것과 별반 다른 점이 없다.

　몸의 영양은 생각하지 않고 분과 연지와 울긋불긋한 화장으로써 말라빠진 얼굴과 비린내 나는 몸을 가려 사람들의 눈을 끄는 화장 미인을 보고, 육체의 발육이 건전하고 혈색이 좋아서 화장과 옷차림을 그리 신경 쓰지 않아도 사람의 눈을 끄는 건강미를 가진 미인을 보게 되면, 화장 미인에게서는 절대 볼 수 없는 생명의 저류(低流, 낮은 흐름)를 느끼게 된다. 전자는 조화(造花, 생화를 모방해서 만든 꽃)요, 후자는 생화(生花)다. 또한, 전자는 한 사람으로서 사람다운 미를 나타내기 위한 것이 아닌 자신의 만족과 어떤 계급의 오락 대상으로 지어진 인형이요, 후자는 건전한 인간으로서 당연히 소유하고 있는 생활과 육체의 완전한 결합물이다.

예술도 이와 같은 것이다. 내용은 인격 문제다. 기교는 그 인격의 종속물로 그 인격을 드러내는 한 수단과 방법에 지나지 않기 때문이다. 이에 인격의 충실 — 예술의 영양소가 되는 내용은 돌보지 않고 수단과 방법에만 이끌려서 기교를 위한 기교에만 충실하게 되면 그 인격은 결국 파멸을 당하게 되는 것이다.

재미있는 이야기가 하나 있다.

작년 여름, 한 친구를 찾은 일이 있다. 그는 친구인 한시 작가에 관해서 이렇게 얘기했다.

한시 작가는 그 분야에서 제법 이름 높은 사람으로 만년에 이르러 자신의 시집을 내기 위해 원고를 모아 놓고 일일이 퇴고(推敲, 글을 지을 때 여러 번 생각하여 고치고 다듬음)를 했다고 한다. 하지만 젊은 시절의 작품과 만년의 작품이 다를 것은 그로서도 피하지 못할 일이었다. 경향도 다르거니와 기교에 있어 서툰 점 역시 다수 발견할 수 있었기 때문이다. 이에 뺄 것은 빼고 더할 것은 더했지만, 첨삭할수록 시다움이 사라져 유두분면(油頭粉面, 기름 바른 머리와 분을 바른 얼굴을 뜻하는 것으로 여자의 화장 말함)의 화장을 보는 듯이 불쾌했다고 한다. 하지만 그것은 그 시가 가진 상은 생각지 않고 문자의 기교에만 너무 힘쓴 것과 모든 것을 만년의 표준으로써 규범하려는 데서 생긴 병이었다. 결국, 그는 침산의 붓을 버리고 본래의 시 그대로를 창작의 연대순만 적어서 재(梓, 인쇄)에 넘겼다고 한다.

이는 내용과 기교의 관계를 무엇보다도 절실히 가르쳐 주는 동시에 문예와 시대의 관계까지도 명확하게 보여주는 이야기라고 할 수 있다.

문예에 기교가 있어야 하는 것은 문예가 가진 내용을 명확하게 표현하기 위해서지, 결코 기교 그 자체를 위함은 아니다. 그러므로 내용에 따라서 기교가 규범이 되는 것이지, 기교를 위해 내용을 규범 지으려는 것은 옷에 따라 몸을 늘이고 줄이는 것과 별반 다를 바 없다. 하지만 세상에는 내용 없이 기교로서만 읽히는 작품이 적지 않다. 그런 화장 미인 같은 작품은 우리의 생활에 아무런 도움도 주지 못한다. 설령, 도움을 준다고 한들 미미함에 지나지 않으며, 오히려 독이 될 뿐이다. 따라서 기교는 내용의 종속물로 삼아야 한다. 특히 목적의식을 강조하는 우리 무산문예가(無產文藝家, 프롤레타리아 정치적·사회적·문화적 권력을 소유하지 못한 계급)들은 더욱더 그래야만 한다.

-1929년《동아일보》

테마는 현실에 배양시켜야만 비로소 생명을 갖는다. 현
실적인 생활을 시킨다고 해도 좋다. 다시 말해 테마와 현
실이 털끝만큼이라도 빈틈이 있어서는 안 되며, 무리가
있어서도 안 된다. 즉, 서로 어울려야 한다. 이것이 소설을
잘 쓰는 원칙 제1장 1조다.

제아무리 훌륭한 테마라도 완전히 그것이 살지 못한 소
설, 테마와 어긋나게 현실화한 소설, 테마는 어디로 가버
리고 현실만 사실적으로 전시된 소설은 결코 잘 쓴 소설
이라고 할 수 없다.

소설을 쓰지 않는 이유
채만식

1

K군!

잊지 않고 소식 전해주니 고맙소. 이는 인사치레로 하는 말이 아닌 진심으로 고마워서 하는 말이오.

왜 이런 새삼스러운 얘기를 하느냐면, 얼마 전에 가깝게 지내던 친구 한두 사람을 잃어버렸는데, 생각하기조차 싫은 불쾌한 여운이 아직까지 남아 있기 때문이오. 그렇다고 내가 도덕군자나 장자(長者, 덕망이 뛰어나고 경험이 많아 세상일에 익숙한 어른)들이 곧잘 얘기하는 교우지명(交友之銘, 친구와의 사귐을 바위에 새김) 같은 숭고함(?)을 떠받드는 것은 아니오. 다만, 이렇게 생각하오.

벗의 단처(短處, 부족한 점)를 알되, 그것을 꾸짖지 않고, 장점은 공리적(功利的, 어떤 일을 할 때 자신의 공명과 이익을 먼저 생각하거나 추구하는. 또는 그런 것)으로 이용하지 않고 심미적 만족감으로써 대해야만 참된 우정이랄 수 있다고 말이오.

이렇게 말하면 내가 무슨 이상주의자 같겠지만, 사실이 그러하오.

부유한 이들에게 참된 친구가 거의 없는 것, 시정(市井, 인가가 모인 곳)의 평범한 이들 사이에 남녀 사이의 연정과 같이 모든 것을 초월한 진실한 우정이 많은 것이 이를 증명하고 있소.

어떻게 보면 나는 사리에 어긋나는 교우관을 갖고 있다고 할 수 있소. 이번에 틈이 벌어진 친구들과의 일에 대해서도 그에 준하는 해석을 하지 않을 수 없소. 나를 이용할 만한 가치가 없어지니 인간적 단점을 구실 삼아 멀리하는 게 아닌가? 해서 말이오. 그래서 불쾌하기 짝이 없소. 하지만 정에 약한지라, 그 친구들을 잊을 수 없을 뿐만 아니라 그런 나의 해석이 제발 나만의 오해이기만을 바랄 뿐이오.

그러던 차에 군이 이곳저곳 부탁해서, 내 처소를 수소문 한 후 알뜰히 편지를 보내준 것이 가슴 아프도록 고맙기 그지없소. 하지만 정작 하려던 말은 제쳐 놓고 이렇게 신세를 한탄하고 있으니 뭐라 할 말이 없소.

군은 내게 이렇게 물었소.

"다른 사람은 훨훨 앞서서 달음질치는데, 왜 창작을 하지 않으십니까?"

나라고 왜 야심이 없겠소.

군이 그렇게 말하지 않아도 나 역시 초조하기 그지없다오. 나와 함께 문단에 나왔던 이들 가운데 활발한 활동을 통해 충분한 기반을 닦은 이가 적지 않기 때문이오. 그뿐만 아니라 나보다 훨씬 늦게 나온 이들 역시 눈부시게 날뛰어 문단에서 그 지위가 하루가 다르게 높아지고 있소. 그런 것을 보면 차를 놓치고 빈 정거장에 우두커니 서서 차 꽁무니만 바라보고 있는 듯한 안타까움과 초조함에 가뜩이나 신경이 예민해지곤 하오. 이에 원고지를, 만년필을 만지작거리며 뭔가를 써보려고 하지만 그뿐이오. 그리고 잠시 뒤, 무슨 발작이라도 지나간 듯 순식간에 맥이 풀려 방바닥에 네 활개를 편 채 드러눕고 마오. 그럴 때마다 머릿속은 또 어찌나 들썩거리고 아픈지. 마치 뾰족한 도구로 머릿속을 마구 긁어내는 듯해서 견딜 수가 없소.

이 머리 아픈 것이 참 질색이오. 뭔가를 골똘히 생각하거나 수필 또는 잡문 나부랭이라도 몇 시간 쓰고 나면 머리가 아프기 시작해서 그날 밤은 말할 것도 없고 3, 4일은 밤잠을 자지 못할 지경이기 때문이오.

다른 건강도 건강이려니와 '신경쇠약'에는 정말 꼼짝할 수 없소. 하지만 이는 글을 쓰지 못하는 사소한 원인은 될지언정 결정적으로 중대한 원인은 아니오.

2

K군!

소설이라는 것이 시대나 사회, 즉 현실을 떠나 순전히 머리로 생각한 것을 펜으로 그리는 것이라면 정말 쉬울 것이오. 하지만, 어디 그런 것을 참된 문학이라고 할 수 있겠소? 오늘날 리얼리즘을 부르짖는 이유 역시 그런 이유 때문일 것이오.

그런데 그 현실이란 것이 내게는 너무도 벅차기 그지없소.

나 — 한 명의 소시민 — 이 체험하는 현실은 정말 보잘것없소. 박봉의 신문기자 아니면 수입이 전혀 없는 룸펜(Lumpen, 부랑자 또는 실업자)! 그래서 나의 현실은 그런 스케일 좁고 깊이가 얕은 '생활'에서 오는 아주 빈약한 것에 지나지 않소.

하지만 나라는 소시민의 우울한 생활에 비하면, 이 사회 이 시대의 현실은 실로 눈에서 불이 번쩍 날 만큼 다이내믹하기 그지없소.

혹시 고리키(러시아의 소설가)의 다음 말을 들어본 적이 있소?

"요즘 그들 가운데 누구(부르주아 문학가)는 작가에게 이렇게 말했다. '작가라는 것은 자네의 개인적 사업이지 나와는 전혀 관계없다'고. 하지만 이는 넌센스다. 문학은 결코 스탕달이나 톨스토이의 개인 사업은 아니었기 때문이다. 그것은 언제나 시대의 사업이었고 나라의 사업이었다. 고대 그리스와 로마의 문학, 이태리의 문예부흥, 엘리자베스 시대의 문학에 대해서는 누구나 알고 있고 말하기를 주저하지 않는다. 하지만 셰익스피어와 단테의 문학에 대해서 말하는 이는 거의 없다. 19~20세기 러시아 문학가들은 여러 유형이 있다. 하지만 우리가 말하는 것은 시대의 드라마, 즉 희비극을 반영하는 예술로서의 문학이지 개인으로서의 푸시킨이나 고리키, 레스코프, 체호프의 문학은 아니다."

생각건대, 이 말보다 문학에 대해서 적절하게 표현한 말은 없을 것이오. 물론 그렇다고 해서 내가 그런 위대한 문학가들처럼 뛰어난 자신감과 실력을 갖고 있는 것은 아니지만, 꼭 그렇게 되고 싶다는 바람과 열정, 양심만은 굳게 간직하고 있소. 하긴 그것조차도 과대망상일지 모르오. 하지만 나로서는 도저히 버릴 수 없는 집착이니, 어찌 할 수 없소.—혓바닥은 짧아도 침은 멀리 뱉는다고나 할까.

하여간 이 거대한 파도와 같은 현실에 대한 사회학자다운 관찰과 연구……이것이 정말 벅차기 그지없소. 가령, 지금 조선의 인심이 물 끓듯이 끓고 있는 '금(金)'에 대해서 얘기해봅시다.

나는 이미 2, 3년 전에 그걸 하나의 소설로 쓰기 위해, 내 깐에는 몹시도 애를 썼소. 그러나 한 사람의 광산가가 처음 광(鑛)을 발견한 것으로부터 시작해 제련소에 이르기까지, 또 사광부(砂鑛夫, 모래알 모양의 광물인 사금·사석·사철 등의 광석을 캐는 일꾼)의 '함지'에서 황금이 나타나기까지의 모든 작업·수속·활동 등의 천 가지 만 가지 일을 5, 60원에 밤낮으로 목이 매어진 신문기자가 하기에는 너무도 벅찬 일이었소. 그러니 매일 밥값 걱정을 해야 하는 룸펜에게는 오죽 힘든 일이었겠소.

만일 반년 동안만 아무것도 방해받지 않고 '금'을 연구할 여유가 있었다면, 나는 정말 기뻤을 것이오. 그러나 나는 오로지 생활의 채찍에 못 견디어 주둥이를 땅에 끌며 냄새를 찾아 헤매는 개와도 같이 우울한 그날그날을 실로 견딜 수 없는 권태 속에서 보내야 했소. 그리고 지금 역시도 마찬가지오.

"아무것도 없는 오늘!"

이 햄릿의 대사와도 같은 '오늘'이 매일 찾아오오. 만일 날이 밝지 않는
날이 하루라도 있다면 나는 없는 소를 열 마리쯤 잡아서라도 하나님(!)께
감사의 제사를 지내리다.

3

K군!

그래서 나는 (아무리 생각해도) 월급쟁이로만 살다가는 소설은커녕
그 근처에도 어른거리지 못할 것이라고 궁리하던 끝에 신문기자란 직업
을 그만 두게 되었소. 그때 내가 '이제 문학에 모든 힘을 쏟을 수 있겠다'
며, 얼마나 가슴이 설레고 희망에 부풀었는지 모를 것이오.

하지만 거기에는 많은 준비가 필요했소. 눈에 넣어도 아프지 않게 주
는 원고료만을 믿고는 마음대로 문학을 하기는커녕 그날그날 밥을 먹기
에도 부족했기 때문이오. 이에 아직 늦지 않았으니, 2, 3년이고 5, 6년이
고 무슨 짓을 해서든지 일단 돈을 좀 벌어놓자며 다짐했소. 그러고 나서
밥걱정 하지 않고 소설을 쓰자고 말이오. (허허, 웃지 마오!)

하지만 이는 한 마디로 세상을 모르는 한 어른의 동화에 불과했소. 돈
이라는 것은 돈을 모을 수 있는 사람에게만 모인다는 것을 몰랐기 때문

이오.

나 같은 사람이 돈을 모으려면 엄청난 세월이 필요하다는 것을 알기까지는 그리 오래 걸리지 않았소. 속된 말로 '천 냥, 만 냥' 하고 다니다가 결국 허허 웃고는 당대의 두문동이라 불리는 이 하숙에 들어 엎드린 지가 거의 두 달이 되어 가오. 그러니 이제 와서 밥 좀 얻어먹자고 몇 푼 안 되는 원고료 때문에 소설을 쓰자니 자존심이 허락하지 않소. 하지만 그보다 더 중요한 것이 있소.

현실이니, 리얼리즘이니 하는 말을 들어봤을 것이오. 이는 현실을 파악하여 소설의 기초이자 재료로 삼는 것을 뜻하는 것이오. 그러니 현실이야 말로 소설에 있어서 가장 중요한 요소라고 할 수 있소. 하지만 현실을 현실 그대로 그려만 놓으면 그것은 하나의 사건에 불과하오.

'무엇을'과 '어떻게'의 문제를 다른 이들은 해결한 듯하오. 하지만 나는 그것을 아직까지 알지 못하오. 그래서 자꾸만 그것에 대해서 생각해보지만 머리가 좋지 않은 탓인지 아직도 알 수가 없구려.

— 유물변증법적 창작방법에서 ××××적 리얼리즘에서 ××적 로맨티시즘에서……

이렇듯 이름 높은 문예평론가들은 예민하게 송구영신(送舊迎新)을 하건만, 작가, 그중에도 머리가 둔한 나로서는 그것이 무슨 소리인지쯤은 알지만 그대로 추종할 수도 없소.

K군!

나는 아직 문학을 버릴 생각은 없소. 답답한 나머지 '에잇! 집어치울까

보다'라고 혼자 쓴 소리를 뱉은 적은 있소. 하지만 정든 사람을 허물없이 버리지 못하는 것처럼 차마 버릴 수는 없소.

이렇게 끝까지 잡고 늘어지면서 쓰고 싶은 글을 쓸 것이오. 한평생 이 지경일지도 모르지만 말이오. 만일 그래도 되지 않는다면 그때는 정말 붓을 꺾어버리고 문학과 영결(永訣, 영원히 헤어짐)하겠소. 물론 그래봤자 아무 일도 없겠지만.

군이 그야말로 마당 터지는데 솔뿌리 걱정하듯이 나 한 사람 소설을 쓰지 않는다고 해서, 또 문학과 영결한다고 해서 문단이 손해 볼 것은 없을 것이오. 더욱이 지금 문단에는 재주 많고 공부를 많이 한 신인들이 계속해서 나오고 있소.

4

우리 문단은 곧 그들의 눈부신 활약으로 빛을 발할 것이오.

끝으로, 지금 내 처지에서 다른 이에게 참고 될 권언(勸言, 권하는 말)을 한다는 게 매우 외람된 일이지만, 군이 고전을 연구하는 데서부터 재출발하겠다는 것에는 나도 찬성하오. 그중에서도《춘향전》은 우리가 문학을 하는 한 반드시 한번쯤은 속속들이 들여다봐야 할 만큼 큰 가치가 있다고 생각하오. 이에 나 역시《춘향전》을 고본(古本)을 비롯해서 몇 종 어름어름(말이나 행동을 분명히 하지 않고 자꾸 주춤거리는 모양) 읽기는 했지만 다시 한 번 읽으려 하오. 그러니 군이 수집해서 다 보고 난 후 내게도 좀 보내줬으면 좋겠소.

《춘향전》은 영국 셰익스피어의 작품이나 일본의 《겐지 이야기》와 비교해도 결코 뒤지지 최고의 고전이오. 그러니 《춘향전》만 잘 연구해도 문학가의 필생 사업으로 넉넉할 것이오. 나아가 이는 젊은 영문학도들이 도서관에 들어박혀 먼지를 먹어가며 엘리자베스왕조의 문학을 연구하는 것보다 훨씬 더 유익할 것이오. 지금까지 어느 한 사람 《춘향전》의 진가를 우리에게 제대로 연구해서 보여준 이는 없었소. 하지만 비교적 인연도 멀거니와 또 세계적으로 이미 그 연구가 완성되어 있는 셰익스피어에 열중하는 젊은이는 적지 않소.

좌우간 그렇게 해서 군에 의해 《춘향전》이 더 좋은 극본이 되어 세상에 나온다면 그보다 더 기쁜 일은 없을 것이오. 다만, 한 가지 부탁하고 싶은 것이 있소. 그것이 결코 쉽지만은 않을 것이란 것이오. 특히 《춘향전》은 높은 문학적 가치를 지니고 있기 때문에 잘못하면 되레 좋은 고전을 망신시킬 수도 있소. 이는 금강산의 아름다운 풍경을 붓으로 써내기 어려운 것과도 같소.

다음으로 야담문학(野談文學)의 유행에 관한 나의 의견이오.

야담문학의 유행을 군은 마치 원수라도 만난 것처럼 저주하고 있는 듯하오. 하지만 내 생각에는 그렇게까지 흥분할 필요는 없을 듯하오.

야담문학이 문학일 수 있느냐 없느냐, 또 그것이 사회적으로 어떤 파문을 일으키느냐는 것은 잠시 접어놓고, 오늘에 이르러 그것이 세차게 유행하는 것만은 엄연한 사실이오. 그러니 턱없이 이를 욕하고 이에 대해 흥분하는 것은 무지한 폭군에 다름 아니오. 그러므로 냉정하게 그것을 '실재'한 것으로 받아들여야만 하오.

5

야담문학의 발생과 성장 뒤에는 민중이 자리하고 있소. 즉, 민중에 의해 야담문학이 발전한 것이오. 이는 민중이 격에 맞는 문학 작품보다 야담문학을 더 재미있어 했기 때문이오. 이는 일본 문단의 강담(講談, 사람들 앞에서 이야기하듯 말하는 것)이나 그보다 조금 더 문학적 모습을 담은 대중소설이 크게 번성하는 것을 보면 쉽게 알 수 있소.

생각건대, 군은 아마 유행가에 이마를 찌푸렸을 것이오. 그러나 그것은 군의 생각일 뿐, 보통 사람들은 그렇지 않소. 오히려 그것을 매우 좋아하오. 만일 유행가와 야담소설 없다면 민중은 매우 심심해 할 것이오. 민중은 그것을 듣고 읽으며 매우 즐거워하고 재미있어 하기 때문이오. 그러니 유행가의 레코드가 잘 팔리고, 야담잡지와 신문의 야담소설이 환영을 받는 게 아니겠소? 사실이 이럴진대, 덮어놓고 무시해서야 되겠소?

그렇다고 해서 내가 야담문학이나 유행가를 옹호하는 것은 아니오. 다만, 세상이 그렇게 변해가고 있다는 것이오. 만일 그래도 그것이 싫다면 민중이 야담문학과 손을 끊고 이쪽으로 올 수 있도록 좋은 소설을 쓰는 길밖에 없소.

또 군은 본격소설을 쓰던 사람들이 그것을 버리고 야담문학으로 돌아섰다고 분개하지만, 나는 그것에 대해서 분개하는 군의 순진한 마음이 더 가엾기 그지없소.

무릇, 본격소설이라고 하는 기성사회의 문학이란 두 가지밖에 없소. 신심리주의로 나아가는 것과 사실(史實)에서 재료를 얻어 약간 붓끝을 고친 야담소설이 바로 그것이오. 물론 두 가지 모두 문학의 정도는 아니오. 하지만 문학청년의 분개나 한탄, 흥분으로서 그 흐름을 저지할 수는 없소. 두고 보면 알겠지만, 앞으로 야담문학은 보란 듯이 더 번성할 것이오.

지금 서울은 첫여름이 무르익어 가고 있소. 가끔 하숙집을 나가서 종묘 뒤로 난 길을 걷다 보면—나는 이 길을 걷기를 퍽 좋아하오.—

고궁 안의 나뭇잎의 푸른빛이 무게 있게 짙어가오. 그럴수록 고궁의 낡은 단청은 더욱 낡아 보이오. 그것을 보면서 그 길을 걷노라면 역사를 발밑에 밟고 지나가는 것 같아서 퍽 여유롭고 침착해지오.

군도 어서 빨리 솜씨가 늘어 역작의 선물을 가지고 문단에 데뷔하기를 바라오.

─ 1936년 5월 26일~5월 30일

소설을 잘 씁시다
채만식

─ 창작계(創作界)에의 제창

"소설을 잘 씁시다."

막상 이렇게밖에는 할 말이 없다. 또 그것밖에는 재주가 없다.

"우리는 참으로 좋은 소설을 아직 갖지 못했소. 바야흐로 이제는 그것을 가져야 할 때요. 하지만 소설을 쓰지 않고는 그런 소설을 가질 수 없소. 그러니 부디, 소설을 잘 씁시다."

제의(題意, 제목의 뜻)란 창작방법 또는 문단 주조(主潮, 주장되는 조류 또는 사조)에 관한 것이기는 하지만 새로운 논의를 제언하란 뜻이기도 하다.

그러고 보면 내게 이 글을 부탁한 건 선량한 의도일지도 모른다. 하지만 솔직히 말해서 그렇게 썩 달갑지만은 않다. 일찍이 목적 의식론, 유물변증법적 창작방법 등을 비롯해 최근의 성격론과 전기소설에 이르기까

글
쓰는 것이 아니다
짓 는 것 이 다

지 실로 넓은 마당 안의 병아리 떼처럼 수많은 창작방법과 주조론을 제창해 비명을 지르게 하더니, 또다시 논의네, 제언이네 해서 정신을 오락가락하게 만드니 말이다.

물론 이 식상설(食傷設)이 어디까지가 가장 정당한 것이냐? 반대로 피상적이요, 부당한 증상이냐? 다시 말해, 유물 변증법적 창작방법이라면 유물 변증법적 창작방법이, 인간 탐구면 인간 탐구가, 리얼리즘이면 리얼리즘이, 그때그때의 현실에 적응하여 필연적으로 발생한 적절하고 당연한 주장이요, 요구였는가 말이다. 그렇지 않으면 시대적 현실과 전혀 상관없는 내지(일본 본토) 문단이나 외국의 풍문을 기계적으로 번역한 연습논문이요, 탁상공론에 불과했던 게 아닐까? 만일 그렇다면 그 전부가 그런 것인지, 그중 일부만이 그런 것인지의 시비는 심히 거추장스러운 일임이 틀림없다. 이에 그 판단을 내린다는 게 여간 경솔한 일이 아닐 수 없다. 신중한 비판이 요구되기 때문이다.

이 자리에서는 그 문제를 불문에 부쳐두는 것이 마땅하다. 아울러 그 식상설에 부동 가담한 것 때문이 아니라 그 맥락이 복잡괴기할뿐더러, 본업이 평론가도 아닌 내가 그런 논의 나부랭이를 해봤자 객쩍은 짓에 지나지 않기에, 모름지기 말을 삼가겠다는 것이 내 생각이다. 이에 그저 수수하게 그리고 말썽 없도록 육담으로나마 사발통문(沙鉢通文, 호소문이나 격문 따위를 쓸 때 누가 주모자인가를 알지 못하도록 서명에 참여한 사람들의 이름을 사발 모양으로 둥글게 삥 돌려 적은 통문) 식 공론을 할따름이다.

그러니, 부디 당부하노니 "소설을 잘 씁시다."

누가 여기에 이의가 있고 반대하겠는가? 또 잘 쓴 소설이면 발자크도, 도스토옙스키도, 조이스도, 춘원(春園)도, 효석(孝石)도 모두 거기에 포함될 수 있으니, 오죽이나 편리한 말이겠냐 싶다. 그러니 발자크처럼, 도스토옙스키처럼, 조이스처럼, 춘원처럼, 효석처럼 소설을 잘 쓰고 볼 일이다.

백만 가지 창작방법을 알고 있고, 육조(六曹)를 배포한들, 소설을 쓰는 사람이라면, 그리고 소설을 쓰려면 그것을 잘 써야 망정이지 그렇지 않고서야, 즉 소설을 잘 쓰지 못하고서야 그게 다 무슨 소용이겠는가?

당시 프랑스의 현실을 관찰하고 느낀 사람이 비단 발자크만은 아니었을 것이다. 그리고 그것을 소설로 쓰고자 했던 사람 또는 쓴 사람 역시 그 혼자만은 아니었을 것이다. 그 외에도 많은 작가가 그것에 관해 썼을 것이다. 그러나 그들은 모두 소설을 쓰지 않은 사람이거나 소설을 잘 쓰지 못한 사람들임이 분명하다. 누구도 그를 따를 수 없기 때문이다.

만일 발자크 역시 소설을 잘 쓰지 못했다면 진실로 나폴레옹이 검으로 성취한 바에 비길 수 있는 그 거대한 문학적 업적을 결코 달성할 수 없었을 것이다. 도스토옙스키와 조이스 역시 마찬가지다. 다른 사람이 유물 변증법적 창작방법을 몰랐던 게 아니다. 소설을 잘 쓰지 못했기 때문이다. 그 시대, 그 주류를 대표할 만한 작품이 나오지 못했던 이유 역시 그 때문이다. 즉, 소설을 잘 쓰지 못했기 때문이다.

인간 탐구의 이론을 몰랐던 게 아니다. 현실적으로 인간을 몰랐던 것도 아니다. 문학적으로 그것을 형상화하지 못했기 때문, 즉 소설을 잘 쓰지 못했기 때문이다.

리얼리즘의 비밀 역시 그렇고, 과거의 온갖 창작방법들 역시 모두 그렇다. 그리고 앞으로 새롭게 생기는 이론들 역시 그럴 것이다. 그러므로 결론은 소설을 잘 써야 한다는 것이다.

"그러면 대체 뭘, 어떻게 해야 소설을 잘 쓸 수 있을까?"

이에 대해 나는 "기교, 정당한 의미의 기교"라고 대답하기를 주저하지 않는다. 과학자처럼 관찰하고, 철학자처럼 생각해야 한다. 그러나 그 관찰하고 생각하고 해서 얻은 것을, 즉 어떤 하나의 테마(주제)를 예술적으로 형상화하는 소임은 예술가적인 솜씨, 즉 기교에 달려 있다.

테마는 현실에 배양시켜야만 비로소 생명을 갖는다. 현실적인 생활을 시킨다고 해도 좋다. 다시 말해 테마와 현실이 털끝만큼이라도 빈틈이 있어서는 안 되며, 무리가 있어서도 안 된다. 즉, 서로 어울려야 한다. 이것이 소설을 잘 쓰는 원칙 제1장 1조다.

제아무리 훌륭한 테마라도 완전히 그것이 살지 못한 소설, 테마와 어긋나게 현실화한 소설, 테마는 어디로 가버리고 현실만 사실적으로 전시된 소설은 결코 잘 쓴 소설이라고 할 수 없다. 내지(일본 본토) 혹은 외국의 잘 쓴 소설 중 테마가 불분명하거나 살아 있지 않은 소설을 본 적이 있는가?

또한 소설을 잘 쓰려면 말이 아름다워야 하며, 문장이 능수능란해야 한다. 대수롭지 않은 듯해도 문학예술의 결정적인 한 몫을 결정하기 때문이다. 그 때문에 아름답지 못한 말, 능수능란하지 못한 말, 통틀어서 문학적으로 세련되지도 미화되지도 못한 말로 쓰인 소설은 결코 잘 쓴 소설이라고 할 수 없다.

경찰서 앞에 쭉 늘어앉은 대서인(代書人, 남을 대신하여 공문서를 작성하는 사람)들이 시골 영감을 위해 설유원(設諭願, 원통한 일을 당하였을 때, 상대편을 설득하여 달라고 관계 기관에 제출하는 청원)을 써주는 용어와 육법전서나 관공서의 공문서 문장으로 소설을 써도 소설이 될 수 있다고 주장하는 문학 강의도 있던가?

안톤 체호프(러시아의 소설가)의 단편은 그 아름다움이 거의 말에 있다고 하는 사람이 많다.

그렇다. 체호프의 소설이 잘 쓴 소설인 이유는 말의 아름다움에 있다.

만일 내 얘기가 미덥지 않거든, 어느 신문사에나 부탁해서 신춘문예를 뽑고 난 뒤의 휴지통을 쏟아보라. 이름하여 소설이라는 원고를 수없이 보게 될 것이다. 그런 것들은 오히려 공부하는 사람들의 내장(來將) 있는 허물이요, 그래서 적절치 못한 극단의 예라고 할 수 있다.

그렇다면 이미 저마다 제각기 한 사람 몫의 작가 행세를 하고 있다는, 문단의 여러 작가가 계속해서 써 내고 있는 수많은 소설, 즉 지금 우리 소설은 과연 어떤가?

소설이라고 부르기에도 창피한 것이 적지 않다. 나아가 신인은 그렇다고 치더라도 중견이라는 사람들 가운데도 소설가 낙제생이 수두룩하다.

우리 문학을 이처럼 유치하게 만든 데는 그들의 책임 역시 적지 않다.

글
쓰는 것이 아니다
짓 는 것 이 다

그렇다면 그 원인은 과연 무엇일까.

말했다시피, 기교가 부족하기 때문이다. 하지만 이미 문학적으로 터가 잡혀 있고, 독자가 개성과 전통을 가진 문학에서는 기교가 그리 큰 문제가 되지 않는다. 내용이 그 가치, 즉 상대적 가치를 결정하기 때문이다. 예를 들면, 톨스토이나 모파상의 작품에 대해, 지드나 쇼의 작품에 대해 그 용어가 어떻고, 문장이 어떻다는 평론가는 없다. 그들을 논할 때는 내용이 중심이 될 뿐, 기교가 좋고 좋지 않고는 문제 삼지 않기 때문이다.

그렇다고 해서 아무 소설이나 써도 상관없다는 것은 아니다. 그들은 소설의 기교쯤은 벌써 다 졸업했거나 기교적인 면에서 실수를 저지르지 않는다. 하지만 지금 우리의 문학처럼 전통이 서지 않고, 독자적인 기반이 마련되지 않아 아직 문청기(文青期, 문학 청년기)를 면치 못한 경우에는 내용 이전에 기교가 반드시 선행되어야 한다.

소설에서 기교란, 조각가로 치면 정(돌에 구멍을 뚫거나 돌을 쪼아서 다듬는, 쇠로 만든 연장)을 가지고 대리석에 자신이 생각하는 형(型, 형태)을 새기는 기술과도 같으며, 화가로 치면 채관(彩管, 붓)을 가지고 캔버스 위에 자신이 생각하는 상(像, 그림)을 그릴 줄 아는 기술과도 같다. 또 성악가로 치면 성대를 통해 자신이 생각하는 음을 낼 줄 아는 기술과도 같은 것이다. 그런데 만일 되다가 못된 조각가가 있어서 걷는 사람을 새긴답시고 앉은뱅이를 만들어놓았다면? 어지빠른(정도가 넘고 처져서 어느 한쪽에도 맞지 아니한) 화가가 있어서 미소 짓는 얼굴을 그린답시고 강짜 싸움에 안면 근육이 뒤틀린 히스테리의 화상을 만들어놓았다면? 껄렁껄렁한 성악가가 있어 〈페르시아의 연가(러시아의 인기가수 샬라핀이 부른 노래)〉를 부른답시고 장마 때 맹꽁이가 우는 괴성을 지르고 있다면? 이 얼마나 웃기고 말도 안 되는 일인가?

하지만 우리 문단에는 '걷는 사람'이랍시고 앉은뱅이를 새겨놓는 조각가와 같은 소설가가, 미소 짓는 얼굴이랍시고 뒤틀린 히스테리 여인의 얼굴을 그려놓는 화가와 같은 소설가가, 〈페르시아의 연가〉를 부른답시고 맹꽁이 우는 소리를 지르고 있는 성악가와 같은 소설가가 얼마나 많은가? 나아가 그들이 쓴 작품을 단지 자신이 제창한 이론과 들어맞는 다는 사실만으로 '걷는 사람'이라는 게 앉은뱅이가 되어버린 조각 같은 소설을, 미소 짓는 얼굴이라는 게 히스테리 여인의 뒤틀린 모습이 되어 버린 그림과 같은 소설을, 〈페르시아의 연가〉라는 게 맹꽁이 소리를 지르고 있는 성악 같은 소설을 잘 썼다고, 좋은 소설이라고 입에 침이 마르도록 추앙하는 소설에 관해 무지한 비평가 역시 적지 않다.

그들의 흉은 곧 나의 흉이다. 그러니 결국 지금까지 나 자신의 흉을 본 셈이다. 나 역시 그들과 똑같은 소설가 중 한 사람이기 때문이다. 이런 걸 '누워서 침 뱉기'라고 하나보다.

나 역시 계속해서 공부해야 한다. 이에 앞으로 소설 잘 쓰는 공부를 게을리하지 않을 생각이다. 비록 내가 언제까지 소설을 쓸지는 알 수 없다. 이에 기약할 수는 없지만, 소설을 그만 쓰는 날까지 꾸준히 소설을 잘 쓰는 공부를 할 생각이다.

이렇듯 내 재주와 실력의 부족함을 알고 더 노력하겠다는 각오가 있기에 그나마 남들에게 "소설을 잘 씁시다." 라며 권할 염치를 가진 것이다.

"우리는 참으로 좋은 소설을 아직 갖지 못했소, 바야흐로 이제는 그것을 가져야 할 때요. 하지만 소설을 잘 쓰지 않고는 좋은 소설을 가질 수 없소. 그러니, 부디 소설을 잘 씁시다."

소설을 잘 쓰기 위해서는 무엇보다도 공부가 필요하다. 이 공부란 말에 자못 분개할 사람도 없잖아 있을 것이다. 그런 사람은 자신을 스스로 문단의 선민(先民, 어질고 사리에 밝은 사람)인 양 착각하고, 이미 공부를 다 끝내고 버젓이 세계적인 작가가 된 줄 아는 지복(至福, 더 없는 복)한 사람임이 틀림없다. 그러니 곧장 강물로 달려가서 이 글을 본 눈을 씻어버릴 일이다.

-1940년 《조광》 7월호

문학을 나처럼 해서는 안 된다
채만식

　문학 10주년이라는 제(題, 제목)를 받았지만, 10년이 훨씬 넘는다. 정확한 기록과 참고할만한 자료가 없으니 정확히는 모르겠지만, 초기 《조선문단》에 처녀작을 발표한 것으로 문령(文齡, 문학을 한 햇수)을 계산하자면 족히 14, 5년은 되는 듯싶다.

　14, 5년…… 세상에 무슨 일이든 10년 독공(獨工, 혼자서 공부함)을 하면 입신(入神, 신의 경지에 듦)을 한다는 말이 있다. 물론 백 년을 해도 숙달되지 못하는 사람이 훨씬 더 많다.

　그렇기는 나 역시 마찬가지다. 14, 5년 동안 글을 쓰면서도 이 정도밖에 이루지 못했으니, 천하에 의젓잖은(점잖지 않고 가벼운) 문충(文蟲, 글 벌레)이라고 해도 뭐라 할 말이 없다.

　사실 그때만 해도 문단의 인심이 꽤 좋았다. 지금 생각하면 중학생의 볼품없는 수준의 작문을 소설이랍시고 발표해주고, 그 뒤로도 그 비슷한 것을 쓰는 대로 계속해서 실어주니, 어언 간에 소설가가 되어버렸다. 자고 일어나 보니 하루아침에 천하에 이름난 시인이 되었다는 바이런(Byron, 영국의 시인)의 말처럼 나 역시 자다가 깨어보니 소설가가 되어 있었다.

하지만 그때나 지금이나 가난하기는 마찬가지다. 이에 빈약한 문명(文名)과 선배와 은사의 도움으로 《동아일보》에 겨우 취직할 수 있었다.

처음 얼마 동안 학예부 일을 할 때는 애송이 서생에 지나지 않았다. 그러다가 사회부 외근기자가 되면서부터 그때까지 통 모르던 술맛을 비로소 알게 되었다. 더욱이 요즘처럼 신문기자가 회사원이 아니요, 괜히 어깨 으쓱한 뭔가가 있던 시절이어서, 직함이 신문기자 씨로 통했다. 하루 일을 뚝딱 마치고 친구를 꾀어 술 먹고, 놀고, 참말 호강하던 시절이었다.

문학? 그런 건 이제 해도 그만 하지 않아도 그만이었다. 정말 심심할 때나 되는 대로 소설 쓰는 시늉을 했다. 그래도 소설가로 알아주니 좋았다. 그렇게 10년 가까운 세월 동안 문학을 의붓자식처럼 등한시했다.

다만, 그사이 《개벽(開闢, 잡지와 단행본을 만들던 출판사)》사에 있을 동안만은 그래도 정신을 차려 소설을 더러 쓰곤 했다. 그러나 역시나 여기(餘技, 취미로 하는 기술이나 재간) 삼아서 한 노릇에 불과했다.

그러다가 병자년(1936년) 정월, 《조선일보》를 마지막으로 신문기자라는 직업과도 아주 손을 끊고 나서야 비로소 눈을 뒤집어쓰고 다시 문학과 단판씨름을 하기 시작했다. 동배(同輩, 나이나 신분이 서로 같거나 비슷한 사람)들은 이미 10년이나 앞서가며 문단에서 큰소리를 치고 있을 때였다. 하지만 일껏(모처럼 애써서) 게으름을 부리던 위인이 갑자기

늦부지런이 나서 허위단심(허우적거리며 무척 애를 씀) 쫓아가자니 곧 기운이 다 빠지고 말았다. 숨이 가빠 도무지 쫓을 수가 없었다. 하지만 하늘도 무심치 않은 법일레라!

문학에 투신한 동기? 모르겠다. 잊어버린 것 같기도 하고, 그저 그냥 하고 싶어서 한 것도 같고.

문학을 제대로 배우지 못한 채 습작기도 거치지 않고 바로 작가 노릇을 했다. 그런데 그 알량한 작가 노릇이나마 어찌나 데데하게(변변하지 못하여 보잘것없음) 했던지. 이렇다 할 사숙인(私淑人, 마음속으로 본받아서 도나 학문을 배우거나 따를만한 사람) 하나 갖지 못했다. 다만, 상섭(想涉, 염상섭)과 동인(東仁, 김동인)을 좋아했고, 일본 작가 중 다카야마 초규(高山樗牛, 일본의 평론가)의 글과 나츠메(夏目, 나츠메 소세키로 추정)의 작품을 즐겨 읽었다.

한 가지 자랑 같지 않은 자랑을 하자면 투르게네프(Ivan Sergeyevich Turgenev, 러시아의 소설가)의 《엽인일기(獵人日記, 25편의 단편으로 이루어진 작품)》를 네댓 번 정도 완독했다는 것이다. (물론 그 가운데는 골라서 읽은 것도 있지만.)

내 작품 중 후진에게 참고가 될 만한 것은 단 하나도 없다. 모두 없어져야 하기 때문이다. 혹시 작품 이외의 것으로 그것을 들라면 이렇게 말하고 싶다.

"문학을 나처럼 해서는 안 된다."

-1940년

글
쓰는 것이 아니다
짓 는 것 이 다

한 작가로서의 항변
채만식

─평론가에게

최근 문예평론가(라고 불리는 사람)들의 대부분이 문단의 부진과 저조에 관해서 말하곤 한다. 그들은 마치 약속이라도 한듯 조선에서 셰익스피어, 괴테, 톨스토이, 고리키가 나오지 않는 것, 따라서 조선의 문학이 세계적 수준에 오르지 못함을 통탄해한다. 나아가 조선 문단에 셰익스피어나 괴테, 톨스토이, 고리키가 나오지 못하는 원인을(발표기관의 부족이나 작가의 생활 불안에 관해서도 단 한마디 언급도 없이) 작가 개개인의 역량부족 탓으로만돌린다.

문제는 평론가들의 이런 말에 일부 문학 기호가들이 무조건 박수를 보낸다는 것이다. 특히 정신적 이권 업자들인 브로커들은 마치 때라도 만난 듯 작가를 악매(惡罵, 모질게 꾸짖음. 또는 그런 꾸지람)하고 중상(中傷, 사실무근의 말로 헐뜯어 남의 명예나 위신·지위 등을 훼손하는 일)

모략하곤 한다.

애꿎은 건 작가들이다. 그들은 이 억울한 이중삼중의 공격과 박해에 더러는 항의를 시도하기도 하지만 대부분 눈물을 삼킨 채 고개를 숙이고 만다.

미상불(未嘗不, 아닌 게 아니라 과연), 현재 우리 문학은 세계적 수준에서 까마득히 떨어져 있는 게 사실이다.

그렇다. 우리에게는 아직 《햄릿》이나 《파우스트》, 《부활》, 《어머니》와 같은 대작이 없다. 셰익스피어, 괴테, 톨스토이, 고리키 같은 대가의 역량을 가진 작가가 없기 때문이다. 따라서 조선의 작가치고 그 책임에서 벗어날 수 있는 이는 결코 없다. 하지만 문제는 거기서 그치지 않는다. 왜냐하면, 우리 문학을 세계적인 수준으로 올리도록 대작을 내어놓을 만한 역량 있는 작가가 없는 원인이 과연 어디에 있느냐? 하는 중대하고 근본적인 문제가 있기 때문이다.

한 사회나 민족의 문학은 (다른 예술도 마찬가지지만) 그 사회나 그 민족이 가진 과거의 문학적 전통과 현재의 문화 수준 및 양자 간의 긴밀한 관계에 따른다는 것은 더 설명하지 않아도 될 것이다.

현대의 영국 문학이나 프랑스 문학, 독일 문학, 러시아 문학이 세계 최고에 이른 데는 소중한 문학적 유산(전통)과 더불어 현대 문화 수준이 세계적 수준에 있기 때문이다. 반면, 미국 문학이 이류에 속하는 이유는 미국 자체의 고유한 문학적 전통이 없기 때문이다. 또 중국과 그리스가 역사 깊은 문학적 전통을 가졌음에도 불구하고, 문학이 세계적 수준에 이르지 못하는 이유 역시 현대 문화의 수준이 떨어지기 때문이라고 할 수 있다.

물론 예외가 없는 것은 아니다. 인도의 타고르(인도의 시인)가 대표적이다. 하지만 예외는 언제나 예외적 원인에서 발생하는 것이지 정상적인 현상은 아니다.

그렇다면 이와 같은 외국의 문학적 전통과 문화 수준, 문학과의 관계를 토대로 우리 문학에 관해서 살펴보자.

조선에는 과거에 큰 문학이 없었다. 제아무리 자부심 강한 조선주의자라고 하더라도 《춘향전》이나 한문으로 쓴 시조쯤 가지고 큰 문학이 있었다고 하진 못할 것이다. 따라서 현대의 조선 작가들은 문학적 유산, 즉 전통을 갖지 못한 것이 사실이다. 만일 있다고 하더라도 그것을 모르는 것은 작가의 잘못이 아니다. 그것을 학문적으로 연구해야 할 문학자와 평론가, 역사가에게 그 책임이 있기 때문이다.

4천 년이니, 5천 년이니 역사의 유구함을 아무리 자랑한들 후손에게 물려줄 유산을 남기지 못한 역사는 아무런 가치가 없다.

먼 옛날 우리 조상이 만주 벌판에서 동양 천지를 호령한 것이 (그것이 후손인 우리와 연관적 관계가 없으니) 무엇이 그다지 자랑이며, 고려 사람이 청자를 잘 만든 것이 어떻게 후대인의 미술적 유산이 될 수 있단 말인가. 하물며, 조선 5백 년은 정치적 굴종과 문화적 모방 이외에는 아무것도 해놓은 것이 없다. 그러므로 현대에 이르러 문화는 물론 그 일부분인 문학 역시 세계적 수준에 이르지 못한 것은 어쩌면 당연한 일이다.

도쿄에서 발행하는 잡지가 이틀이면 우리 손에 들어올 수 있다. 또 넉넉잡고 한 달이면 러시아 및 유럽 문단에서 조명되고 있는 새로운 이론을 우리 글로 접할 수 있다. 그러니 고도로 발달된 문학 이론을 배운 문학 평론가들의 눈에 비치는 조선 작가들의 작품은 미개인이 토템에 그려놓은 그림보다 나을 것 없이 비칠 것이다. 하지만 그들은 우리 문학의 부진과 저조함에 관해서 지적하고, 세계 문학의 예를 들어 작가를 폄하할지언정, 그 이유와 대책에 관해서는 일언반구도 하지 않는다. 또 그럴 만한 능력도 없다.

과연, 조선의 평론가치고 조선의 작가가 얼마나 많은 문학적 유산을 가졌으며, 조선의 문학 수준이 조선의 현재 일반 문화 수준과 얼마나 차이가 있는지 연구해보려고 했던 사람이 있었던가? 만일 문예평론가(라고 불리는 사람)들이 그래도 문학적 양심이 있다면 99%는 내 말을 인정하지 않을 수 없을 것이다.

끝으로, 몇 마디 단정적 선언을 하고자 한다.

조선의 현대 문학은 조선의 현대 일반 문화 수준보다 도리어 앞선 기형을 이루었을지언정 절대 뒤지지 않는다. 나아가 앞으로 오십 년, 백 년 후에 셰익스피어, 괴테, 톨스토이, 고리키 같은 대작가가 이땅에서도 틀림없이 나올 것이다.

-1934년 〈조선일보〉

여백록
채만식

문단만 하더라도 긴(緊, 긴급함)한 문제가 한둘이 아닌 터에, 교정(校正, 교정쇄와 원고를 대조하여 오자, 오식, 배열, 색 따위를 바르게 고치는 일) 같은 것쯤 그리 대단한 것은 없고, 그저 여백 거리로 여기는 게 좋을 것이다.

하지만 피가 받게 앉아서 밤을 새가며 원고를 써, 그놈을 다시 두 번 세 번 퇴고(推敲)해, 이렇게 보낸 것이 정작 활자로는 딴 글자 딴 소리로 인쇄가 되어 나온 것을 볼 때면 내남없이(나와 다른 사람이나 모두 마찬가지로) 그다지 유쾌하지는 않는 법이다.

"그의 부친(父親) 윤장의 영감……"이라고 원고에 쓴 것이 활자로는 "그의 붙인 윤장의 영감이……"라고 박혀 나온 것이며, "잇대어 말하기를"이라고 쓴 것이 활자로는 "…… 있대어 말하기를……"이라고 되어 나온 것까지는 '한글 유죄로다!' 하고 웃어버릴 수도 있다. 하지만 "시세

(기미시세(期米時勢, 쌀·콩 따위의 곡물을 시세 변동을 이용해 현물 없이 약속으로만 거래하던 투기 행위의 시장 가격)가 올랐다는 기별이었으면 하고……"란 문장이 "시세가 올랐다는 기별이 없으면 하고……"로 인쇄된 데는 도저히 묵과할 수 없었다.

하지만 이 역시 문선(文選, 좋은 글을 가려서 뽑음) 혹은 교정의 악의 없는 실수라고 여기며 넘어갈 수 있다고 치자. 그러나 "구누(密約, 밀약)를 했다……"를 "군호(軍號)를 했다"로, "팽팽한 눈살로……"를 "평평한 눈쌀로……"라고 고쳐서까지 넣어주는 그 지겨운 친절에는 그만 뭐라고 답례해야 할지 모르겠다.

그 밖에 자간(字間, 글자와 글자 사이)을 뗀 곳은 붙이고 붙인 곳은 떼어놓기, '?'와 '!'를 손에 집히는 대로 둘러 꽂기, ','이나 '.'을 빼먹기, 점선과 블랭크를 맘대로 혼동하기, 그래서 문장의 뜻을 원고와는 얼토당토않게 하기, 되는대로 아무렇게나 걷어치우기 등등……. 참 가관이라 하지 않을 수 없다.

언젠가 친구에게, 지금 조선의 문학이 창피한 이유 중 그 백 분의 일은 교정의 무책임함에 있다며 농담 비슷하게 말 한 적이 있다. 하지만 그게 노상 농담만은 아니었다.

원문을 읽지 못하니 구미(歐美, 유럽과 미국을 아울러 이르는 말)의 것은 모르겠지만, 일본만 해도 신문이나 잡지를 보면 얄미울 만큼 오자가 없다. 그야 두 사람이 앉아서 한 명은 읽고 한 명은 실수를 바로잡으니 그럴 만도 하다.

하지만 아무리 이 집안이 가난하기로서니 교정을 다섯 사람 둘 것을 일곱 사람이나 여덟 사람을 두지 못한다는 것은 공연한 바보짓이요, 따라서 그 핑계는 더는 핑계가 될 수 없다. 하물며 사람이 일에 둔한하고 책임 관념이 박약한 것과 무지한 것 때문에 (가령 '구누'를 '군호'로 고치는 것 같은 것) 생기는 오자는 입이 열 개라도 변명이 될 수 없다.

그리고 보니 나 혼자서 당하는 것도 아닌데 쓸데없이 눈치 없는 소리를 했나 보다. 가뜩이나 천하 악필이요, 오서(誤書, 글자를 잘못 씀)와 낙자(落字, 빠진 글자)가 없노라고 장담 못 할 내가 나서서 말이다.

그러니까 내 말은 이것이다.

동문서답이 되어도 좋고, 망발이 되어도 좋으니, 제발 원고대로만 채자(採字, 활판 인쇄에서 원고 내용대로 활자를 골라 뽑는 일)를 해주고, 원고대로만 교정을 봐줬으면 좋겠다. 그렇게만 해주면 좋겠는데, 실수 외에도 간혹 끔찍한 호의를 베풀어 수정까지 해주는 데는 질색을 안 할 수가 없다. 그러니 이런 뾰족한 붓질을 하지 않으려야 않을 수 없다.

－1938년 11월 《박문》제2집

신인은 글자 한 자 한 자에 문인의 생애가 묻어 있어야 하며, 글 한 구, 글 한 편에 각기 생명이 깃들어 있어야 한다. 또한 기성작가를 능가할 만한 작품을 창작함으로써 신인 된 패기와 실력을 보여야 한다. 그러기 위해서는 피와 땀이 섞인 노력과 파도와 같은 정열, 바다와 같은 끈기가 필요하다. 나아가 문학의 생리를 벗어난 일체의 행동은 자신의 문학을 그릇되게 하는 동인(動因, 원인)이 된다는 것을 알아야 한다.

신인에게 주는 글
김영랑

　문학은 진실함에 그 가치와 생명이 있다. 과거의 위대한 작품 중 아직까지 후세에 전하는 것은 모두 작품으로서 진실하기 때문이다.

　진실이란 문학과 인생을 대하는 작가의 태도를 말한다. 따라서 아무리 고상(高尙, 몸가짐과 품은 뜻이 깨끗하고 높음)한 사상이나 철학을 담은 작품이라도 만일 그것이 인간을 진심으로 걱정하고 아끼는 태도를 담고 있지 않으면 가치 있는 작품으로 인정받을 수 없다.

　반대로 기교(技巧)가 좀 부족하고, 표현력이 불급(不及, 따르지 못함)하더라도 인생을 생각하는 마음이 크게 담긴 작품이라면 작품으로서의 가치는 얼마든지 인정받을 수 있다. 일례로, 1차 대전 후 퇴폐적인 다다이즘(Dadaism, 제1차 세계대전 말부터 유럽과 미국을 중심으로 일어난 예술운동으로 모든 사회적 · 예술적 전통을 부정하고 반이성 · 반도덕 · 반예술을 표방한 예술 운동. 후에 초현실주의에 흡수됨)은 문학사적 의의는 있을지 몰라도 예술적 가치는 그리 높이 평가받지 못했다. 반대로 도스토옙스키의 경우, 문장은 좀 난삽(難澁, 말이나 글이 이해하기 어렵고 까다로움)하지만 작품 세계가 참된 인간적 고민을 담고 있기에 높이 평가되고 있다.

문학은 아무나 할 수 있는 것이 아니며, 또 아무렇게나 되는 것도 아니다. 괴테는 "연대(聯隊)의 조국은 연대"라고 말한 바 있다. 그 말은 결국 시인의 조국은 시라는 것이다. 즉, 문학인은 문학을 자신의 조국으로 생각해야 한다는 것이다. 그러므로 조국처럼 받들어야 하는 문학인의 문학세계는 가장 경건하고, 가장 존경해야 마땅하다. 거기에 문학인의 생리(生理, 삶의 원리 또는 이치)가 있기 때문이다.

문학인의 피와 체온과 체취와 정서는 진실한 조국을 향해 있어야 한다. 만약 그 생리(生理)에 조금이나마 불순한 티가 섞인다면 진실한 문학을 조국으로 가질 수 없기 때문이다.

해방 뒤, 우리는 신인(新人)을 바라고 기다렸다. 이미 자신의 세계를 이룬 기성 작가보다는 참신하고 더욱 진실한 문학을 보여줄 신인이 필연적으로 필요했기 때문이다. 그러나 해방 후 5년이 지나도록 우리의 기대를 충족시킬 만한 신인은 나오지 않았다. 물론 하루 이틀 사이에 혜성 같은 신인이 나오리라고는 생각하지 않았다. 하지만 그래도 지금쯤은 우리 문단에 큰 획을 그을만한 신인이 한둘은 나옴 직한 데도 그렇지 못한 것은 적잖이 적요(寂寥, 적적하고 쓸쓸함)를 느끼게 한다.

기성이라고 해서 언제나 신인만을 기다리며 신인 뒤에 서라는 법은 없다. 하지만 기성 역시 해방 이전의 문학세계를 뛰어넘은 이가 없다는데 몇 배의 울분을 느끼게 한다. 하지만 이는 여기서 다루는 주제와 상관없으므로 생략하기로 하자.

어쨌거나 생각보다 신인이 너무 적게 나온 것만은 틀림없는 사실이다. 여기에는 여러 가지 이유가 있으리라. 그러나 그 이유를 이유 삼아 신인 대망의 마음을 꺾기에는 우리의 한적한 문단이 너무도 외로운 감이 있다. 또 신인 불가공(不可恐)이란 말로 지금까지 다른 신인을 과소평가하기에는 우리 마음이 좀 더 너그러워져야 한다. 이는 문단이 신인을 대망(待望, 바라고 기다림)함은 물론 아껴야 한다는 뜻으로, 그러기 위해서는 기성이 신인의 길을 터주어야 하며 육성해야 하는 동시에 신인 역시 좀 더 진실한 태도와 진지한 노력이 필요하다. 말하자면 기성과 신인이 공동 책임을 갖고 우리 문학을 발전시켜야 한다.

그런데 현재 신인으로서 촉망받는 문인 가운데 진실한 태도에서 자주 벗어난 말과 행동을 보이는 이가 더러 있다. 이는 우리 문단의 일대통사(一大痛事, 한 가지 큰 아픔)임이 분명하다. 이에 신인 자신의 맹성(猛省, 열심히 반성함)이 필요하다.

학생이 선생을 스승으로 생각하지 않거나 존경하지 않고, 부하가 상사를 어른으로 보지 않는 일이 최근 자주 일어나고 있다. 이는 사회적 악조류임이 분명하다.

문단에서도 이와 비슷한 일이 일어나고 있다. 신인이 기성을 능멸의 눈으로 대하는 경우가 있는 것이다. 그렇다면 이 역시 사회적 영향으로 넘겨야만 할까.

　가장 진실해야 하는 문학 또는 예술인 사회까지 그런 조류에 물든다는 것은 우리의 조국인 문학의 명예를 위해서도 슬픈 일이다.

　유파(流派, 어떠한 파에서 갈려 나온 갈래)와 각자의 호불호를 떠나 어떤 기성도 신인의 능멸을 받을 이유가 없다. 연대장이 연대를 떠나 지위나 명예에 마음을 쓰게 되면 연대라는 조국을 사랑하는 마음에 틈새가 생길 것이 분명하기 때문이다. 마찬가지로 문인이 문학을 떠나 어떤 정략으로서 문인의 명예를 붙잡으려고 한다면 그는 이미 문인으로서 가치와 생명을 잃은 것과도 같다. 이는 신인이나 기성 모두에게 해당되는 이야기이기도 하다.

　요즘 문단에는 진실한 작품을 쓰기보다 사교로서 문명(文名, 글을 잘해서 드러난 명성)을 올리려는 이가 적지 않다.

　신인은 글자 한 자 한 자에 문인의 생애가 묻어 있어야 하며, 글 한 구, 글 한 편에 각기 생명이 깃들어 있어야 한다. 또한 기성작가를 능가할 만한 작품을 창작함으로써 신인 된 패기와 실력을 보여야 한다. 그러기 위해서는 피와 땀이 섞인 노력과 파도와 같은 정열, 바다와 같은 끈기가 필요하다. 나아가 문학의 생리를 벗어난 일체의 행동은 자신의 문학을 그릇되게 하는 동인(動因, 원인)이 된다는 것을 알아야 한다.

　하지만 작품에 노력과 정열, 끈기를 송두리째 바치지 않고 발표욕과 고료에 먼저 눈이 번쩍인다면 이는 그나마 맥맥히(마음이나 가슴이 기운이 막혀 답답하게) 흐르는 조국 문단의 맑은 흐름을 너무도 혼탁하게

글
쓰는 것이 아니다
짓 는 것 이 다

만드는 것이다. 물론 여기에는 신인을 육성해야 하는 기성의 책임이 막중함을 느낀다. 그러므로 기성은 작품을 보는 엄정한 눈을 딴 곳에 쏠린 나머지 신인을 자신만의 세계로 끌어들여서는 안 된다. 그것은 진정한 의미에서 신인을 아끼는 태도라고 말할 수 없기 때문이다. 이는 신인을 아끼는 마음이 역효과를 나타낸 것에 지나지 않는다.

모름지기 신인은 겸허한 마음으로 인생을 진실하게 바라봄으로써 위대하고 가치 있는 작품을 창작할 수 있어야 한다. 이에 첫째도 글공부, 둘째도 글공부에 매진해야 한다.

요(要)는 문인의 조국은 문학에 있다는 말처럼 문인은 문학, 특히 작품에 의해서만 평가된다는 사실을 절대 망각해서는 안 된다는 것이다. 그렇다고 해서 문학에 대한 신념에서 우러나오는 문학운동을 배격하라는 것은 아니다. 우리가 붙잡고 나아가야 할 문학을 위해서라면 찬언(贊言, 도움의 말) 역시 아끼지 않아야 한다. 다만, 문학의 생리에서 벗어난 행동과 문단정치는 문학생활과 그 수명에 플러스가 되기보다는 마이너스가 된다는 것을 명심해야 한다.

아직도 출세를 바라는 신인이 있는가? 그렇다면, 시인의 경우 평생을 자신할 수 있는 시 50편쯤은 갖고 나오라. 또 소설가라면 단편 10편, 장편 5편은 완필(完筆, 글을 완성함)해 가지고 나와야 할 것이다.

신인이여, 자중하라!

- 1950년 5월 《민성》 6권 4호

글을 쓴다는 것은 제 살을 깎는 것과도 같았다. 쓰면 쓰는 만큼 건강이 부쩍 축났다. 이에 글이란 제 피로 아로새겨지는 것임을 비로소 알게 되었다. 그러자 문득 깨달은 바가 있었다. 내 피로 아로새겨진 것이야말로 내 생명이 아닌가 하는 것이다. 그리하여 글을 쓰다가 죽는 한이 있어도 좋다는 젊은 혈기가 이런 모험에 주심(柱心, 중심)을 북돋워 주었다. 그까짓 성공이야 하건 말건, 내 생명을 살리기 위해서라도 그저 소설만 쓰면 그만이라는 생각을 언제부터인가 하게 된 것이다.

나의 집필 태도
계용묵

　작품을 쓰는 데 있어 나는 실제로 붓을 들고 쓰는 시간보다 붓을 들기 전까지 걸리는 시간이 훨씬 더 길다. 테마(주제)를 정했다고 해도 구성이 잡히지 않으면 붓을 들 수 없고 또 구성이 되었다고 하더라도 시작해야 할 서두가 떠오르지 않으면 붓을 들 수 없기 때문이다. 서두에서 그 작품이 말하려는 전체의 의미를 단 한 마디로 던져 놓아야만, 그러면서도 그것이 어감도 좋고 평범한 말이 되지 않아야만 붓끝에 흥이 실리게 된다. 이에 첫마디가 흡족하지 않으면 몇 날 며칠 또는 몇 달, 심지어는 해를 넘겨 가면서까지 생각을 거듭해본 적도 있다.

　지금까지 써 온 작품 중 어느 정도나마 첫마디에 그 작품 전체의 의미를 던져 놓았다고 생각되는 것은 단 두 편뿐이다. 〈유앵기〉와 〈캥거루의 조상〉이 바로 그것이다. 그러나 이 두 작품은 청탁 없이 썼던 것으로 기한의 제약이 없었음은 물론 무한정으로 생각할 수 있는 여유가 있었다. 만일 기한이 정해져 있는 작품이었다면 그렇게 무한정으로 내 본래의 태도(취미라고 함이 어떨까)를 고집할 수는 없었을 것이다.

첫마디를 생각하다가 기한이 다가오면 본래의 태도를 버리고 안이한 수법을 쓰게 된다. (나는 이를 안이한 수법이라고 생각한다) 그것은 미리 구성해놓은 내용의 10분의 3 정도를 처음 위로 잘라놓고 10분의 4 정도에서 첫 서두를 쓰되, 그 부분의 사건 중에서 가장 매력적인 이야기를 골라, 한마디 던져 놓고 앞으로 써 내려 가면서 위에 잘라 놓았던 3 정도의 부분을 1, 2, 3의 순서로 형편을 봐가면서 적당한 곳에 간간이 삽입한다. 이렇게 하는 것이 경험으로 볼 때 구성을 크게 헤치지 않고 무난하게 글을 전개할 수 있기 때문이다.

그 결과, 붓만 들면 일사천리로 붓끝이 달린다. 평균 한 시간에 십 매 정도 될 것이다. 그러나 한 절(節, 글의 내용을 여러 단락으로 서술할 때의 한 단락)이 끝나고 다른 절이 시작될 때는 또 시간이 걸린다. 그 절에서도 역시 첫마디가 마음에 들어야 하며, 부분의 취사선택이 중요하기 때문이다. 이런 고비를 거치며 달리기 시작한 붓은 그 작품이 끝날 때까지 밤이고 낮이고 아니 며칠이라도 계속된다.

이렇듯 일단, 집필에 들어가게 되면 나는 붓을 놓을 수가 없다. 놓았다가는 더는 쓸 수 없기 때문이다. 이에 6, 70매의 단편을 쓰는데 보통 이틀이 걸린다.

그러나 작품이 끝났다고 해서 모든 것이 끝난 것은 아니다. 표제(標題, 제목) 때문에 더 시일이 걸리기 때문이다. 실로 나는 이 표제에 무척 신경을 쓴다. 하지만 구상 도중에서부터 생각하는 표제를 작품이 끝남과 동시에 붙여 본 예는 지금까지 단 한 번도 없었다. 특히 〈캥거루의 조상〉의 경우 표제를 붙이기까지 상당한 시일이 필요했다.

－1959년《동아일보》

무엇을 어떻게 쓸 것인가

계용묵

    간혹 친구들이 좋은 소설 재료가 있으니 소설로 써 보라며, 자신들이 겪은 이야기를 호소라도 하듯 신이 나서 들려줄 때가 있다. 하지만 나는 그 이야기를 단 한 번도 소설로 써 본 적이 없다. 들어 보면 모두 뼈가 아프도록 절실한 체험임이 틀림없다. 그러나 내게는 조금도 절실하게 느껴지지 않았다. 그들의 이야기는 그들만의 통절한 체험일 뿐, 나와는 아무런 관계가 없기 때문이다. 이는 A라는 사람이 실연 후 뼈가 아프도록 인생을 느낀 사실을 배가 고파서 눈이 한 치나 깊이 들어갈 만큼 인생을 느낀 B라는 사람에게 하는 호소와 다름없다. 실연하고 뼈가 아프도록 인생을 느낀 사람이 아니고서는 A의 이야기를 도저히 이해할 수 없기 때문이다. 또 배가 고파서 눈이 한 치나 기어들어 가도록 인생을 느낀 사람이 아니고서는 B의 처지를 이해할 수 없다.

    그렇다면, 소설은 만인(萬人)이 체험했으리라고 생각되는 사실만 주제로 삼아야 할까?

그렇지 않다. 자신의 체험이나, 남의 체험을 막론하고 모두 소설의 재료가 될 수 있다. 다만, 소설이란 인생의 사실을 있는 그대로 기록하는 것이 아닌 인생의 진실을 추구하는 것이기 때문에 실연에 대한 호소나 굶주림에 대한 호소만으로는 뭔가 부족하다. 즉, 실연이나 굶주림이라는 단편적인 사실의 전달보다는 실연의 원인이나 기아의 원인을 정확하게 파악함으로써 인생의 진실을 추구해야 한다. 이에 그 주인공의 과거는 물론 현재의 생활에 대해서도 알아야 할 필요가 있다. 나아가 그들의 사회적 · 가정적 환경 등의 생활 일체를 파악함으로써(실연의 경우라면 그 여자까지도) 인생의 진실을 추구해야만 한다. 거기에다 '공상(空想)'을 통해 보편화시켜야만 소설이 되는 것이다.

이 인생의 보편성 획득이야말로 작품의 성공을 좌우하는 핵심이라고 해도 지나친 말은 아니다. 만일 작품에 보편성이 없다면 그 작품의 주인공은 인간의 전형(典型, 모범이 될 만한 본보기)으로서 생생하게 살아남을 수 없다. 그런 점에서 인간 전형의 창조야말로 소설의 가장 큰 특징이라고 할 수 있다. 즉, 작자의 개성과 생명이 그대로 쏟아져 들어간 살아 있는 개성의 유형을 거쳐 획득한 보편성이 바로 소설인 것이다. 그러므로 누구나 이해할 수 있으면서도 개성적인 인간으로 창조하는 것이 아니고서는 진실한 인간 생활의 본질을 추구하고 있다고 볼 수 없다.

창작이란, 체험에서 그 어떤 의미를 찾지 못하면 소설의 소재가 될 수 없다. 그 체험이 내포(內包)하고 있는 의미를 관찰과 사색을 통해 찾는 것이 창작의 소재이기 때문이다. 작가는 그 의미가 말하는 인생의 진실을 독자에게 진실한 것으로 받아들이게 함으로써 자신과 꼭 같은 의미를 느끼도록 써야 한다. 이른바 문학적인 표현이라는 것이 바로 그것이다. 그 때문에 문학적인 표현 기술이 부족할 경우, 아무리 작가가 인생의 절실한 체험을 쌓았다고 하더라도 독자에게 인생의 의미를 제대로 전달할 수 없다. 그러므로 소설을 쓰는 데 있어 공상으로서의 문학적 표현이 필요하다. 나아가 공상과 체험을 공상화 하는 것이야말로 작가로서의 본질적인 의무가 아닐까 한다. 공상은 의미를 찾는 자석(磁石)과 같은 구실을 하기 때문이다.

그러나 경험으로 보건대, 작가가 절실하게 느낀 체험을 소설화하려고 할 때, 너무도 절실한 체험은 공상의 여유를 주지 않고, 그저 그 사실만을 병에서 물이 쏟아지듯 표현하는 경우가 많다. 이에 자신도 모르게 붓끝을 놀리다가 실패한 경우를 적지 않게 보았다. 그렇게 되면 한 개인이 느낀 사실만 기록될 뿐 보편성을 잃고 만다. 초심자는 특히 이 점에 주의해야 한다.

'도스토옙스키'를 일컬어 최고의 작가라고 칭하는 이유 역시 그것 때문이다. 사실 그의 작품은 악문으로 이름 높다. 하지만 소설 속 주인공들이 말하는 그 어떤 인생의 의미가 우리의 마음을 사로잡는다. 그 때문에 그의 명성은 아직도 수많은 사람 사이에서 오르내리고 있다.

시인 '릴케' 역시 그의 작품《말테의 수기》에서 창작의 경험이 얼마나 중요한지 역설하고 있다.

"나이 어려서 시를 쓴다는 것처럼 무의미한 것은 없다. 시는 언제까지나 끈기 있게 기다리지 않고는 안 되는 것이다. 사람은 인생을 두고, 그것도 될 수만 있다면 70년 혹은 80년을 두고 벌처럼 꿀과 의미를 집적(集積, 모아 쌓음)하지 않으면 안 된다. 그리하여 겨우 마지막에 이르러 여남은 줄의 훌륭한 시가 써질 것이다. 시는 사람들이 생각하는 것처럼 감정은 아니다. 만일 시가 만일 감정이라면, 젊어서 이미 남아돌아갈 만큼 가지고 있지 않으면 안 된다. 시는 진실로 경험인 것이다. 그래서 한 줄의 시를 위해 수많은 도시, 수많은 사람, 수많은 책을 보지 않으면 안 된다. 또 수많은 짐승을 알지 않으면 안 되고, 하늘을 나는 새의 깃(羽)을 느끼지 않으면 안 되며, 아침에 피는 작은 풀꽃의 고개 숙인 부끄러움을 찾아내지 않으면 안 된다. 미지(未知)의 길, 뜻밖의 해후, 이별 ― 젊은 날의 추억, 말할 수 없이 마음을 슬프게 해드린 어버이, 온갖 중대한 변화를 하고 이상한 발작을 하는 소년 시대의 병, 물을 뿌린 듯이 가라앉은 고요한 방에서 보낸 하루, 바닷가의 아침, 바다의 자태, 저쪽 바다, 이쪽 바다, 하늘에 반짝이는 별과 함께 존재 없이 사라진 나그네의 수많은 밤……

그런 것들을 시인은 생각해내지 않으면 안 된다. 아니, 그저 모든 것을 생각해낼 뿐이라면 그것은 또 안 된다. 하룻밤, 하룻밤이 전날 밤과 전혀 다른 규방의 일, 산부(産婦)의 부르짖음, 하얀 옷 속에서 잠든 채 육체의 회복을 기다리는 산모……. 시인은 그것을 추억으로 지니지 않으면 안 된다. 죽어 가는 사람들의 베개 밑에 붙어 있지 않아서는 안 되며, 열어젖힌 창이 덜렁덜렁 소리를 내는 방에서 죽은 사람의 경야(經夜, 밤을 지새

움)도 하지 않으면 안 된다. 하지만 이러한 추억을 가질 뿐이라면 아무런 보람도 없을 것이다. 추억이 많아지면 다음에는 그것을 또 잊어야 하기 때문이다. 그리하여 또다시 추억이 바뀌는 순간을 기다리는 커다란 인내가 있어야 한다. 그 때문에 추억만 가져서는 아무런 보람도 없는 것이다. 추억이 우리의 피가 되고, 눈이 되고, 표정이 되고, 이름을 알 수 없는 것이 되고, 이미 우리 자신과 구별할 수 없이 되어 결코 뜻하지 않은 우연에서 한편의 시가 불쑥 솟아나는 것이다."

한줄의 시는 그렇게도 어려운 것이다. 그러다 보니 붓을 든다는 게 무서울 때가 있다.

소설 역시 마찬가지다. 그런 경험과 사색을 통해 인생의 전형을 찾아내야 한다.

나는 작품 속에는 항상 술과 같은 성분이 있어야 한다고 생각한다. 누구나 술을 마시면 거나하게 취한다. 술은 그런 보편성을 갖고 있다. 취하면 취중에는 거짓이 없다. 취중에는 진실만이 있을 뿐이다. 그래서 술을 마시면 평상시에는 입안까지도 끌어내지 못하던 진실이 대담하게 튀어나오곤 한다. 나아가 신랄한 비판이, 절실한 고민이 주위의 온갖 것에도 거리낌 없이 막 쏟아져 나온다. 하지만 그것이 그 사람의 진실이다. 술이 사람을 그렇게 진실하게 만드는 것은 곡류가 아닌 곡류를 발효시킨 곡류의 작용 때문이다.

작품에서 체험이라는 것 역시 곡류와 마찬가지로 체험만으로 되는 것이 아니다. 체험을 발효시켜야 한다. 나아가 체험을 발효시키는 기술이 작용해야만 한다. 그리고 곡류의 발효로 인해 누구나 술을 마시면 취하듯, 소설 역시 체험의 발효로 인해 누구나 읽으면 취하게 하여야 한다.

이제 우리는 위에서 말한 몇 가지 사실을 통해, 작품이란 체험을 기술로, 즉 사실로, 진실로 발효시키는 '공상' 여하에 따라 진실한 인생이 추구되고, 추구되지 않음을 어렴풋이나마 알게 되었다.

이 글은 장차 소설을 쓰고자 하는 소설 지망생들을 위한 글이다. 이에 한마디 덧붙이자면, 몇 천 년을 흘러온 문학의 역사를 볼 때, 세계적인 명작은 그 어느 것을 막론하고 새로운 사상과 감정을 담고 있다는 것이다. 그러므로 새로운 표현과 새로운 작품을 위해서는 기성의 문학이 표현하지 못한 새로운 사상과 감정이 필요하다. 이에 새로운 사상과 감정 찾기에 부단히 노력해야 한다. 새로운 감정이야말로 새로운 문학의 모태이기 때문이다.

－발표 연도 미상

소설가란 직업
계용묵

"소설가가 생활에 위협을 느낀다는 것은 거짓말이다."

이런 말을 들었다. 제주도에서였다.

피난 첫해를 나는 제주읍에 있는 '카네이션'이란 다방에서 지냈다. 커피 향기에 취해서가 아니었다. 향락에 취해서도 물론 아니었다. 있을 곳이 없어서였다. 살겠다고 난을 피해 이 절해(絶海)의 고도(孤島)에까지 흘러온 몸이라 끝까지 살기 위해 뻗대어 보지 않을 수 없었다.

돼지처럼 기거해야 하는 공동수용소에는 차마 발길을 들여놓을 수 없었다. 그렇다고 돈이라도 많이 갖고 있었느냐? 그것도 아니다. 방 한 칸 얻을 돈조차 없었다. 그러다 보니 그대로 노상(路上, 길 위)에서 방황해야만 했다. 그런 얘기가 어느 한학자의 귀에 흘러들어 갔던 모양이다.

한학자는 — 글은 글로 통해야 한다며 — 우리 집에 마루방이 있으니, 우선 방이 날 때까지 만이라도 거기서 지내라며 호의를 베풀었고, 나는

글
쓰는 것이 아니다
짓는 것 이 다

한학자의 집 마루방에다 짐을 풀었다.

일찍이 면식이 있던 것도 아닌데 글을 한다는 소리를 풍문으로 듣고, 글은 글로 유통되어야 한다며 자진해서 방까지 제공해주는 그 호의에 감사하기 전에, 문필인으로서 그 감격에 감읍하여 눈시울을 뜨겁게 느끼지 않을 수 없었다. 실로 문필인으로서의 내 생애에 있어 이는 영원히 잊을 수 없는 감격의 한 토막일 것이다. 면식을 초월해서까지 글은 글로 유통이 된다는 것, 이 얼마나 반가운 일인가.

그러나 제주가 아무리 남쪽이라고는 해도 겨울은 겨울이었다. 화로 하나 놓지 못한 마루방에 댕그라니 앉아서 엄습하는 한기를 이겨 낼 도리가 없었다. 할 수 없이 몸을 데우기 위해 다방을 찾았고, 통행금지 예비 사이렌이 울릴 때까지 그 노변(爐邊, 화로나 난로가 놓여 있는 주변)을 떠나지 못했다.

사실 그 다방에는 날마다 일정한 시간을 두고 미 공군 여섯 사람이 출입하고 있었다. 그런데 자기네들이 올 때마다 밤이나, 낮이나, 언제나 내가 앉아 있는 것이 그들의 눈에는 이상하게 보였던 모양이다.

하루는 내가 다방에 나오는 도중 친구를 만나 시간이 좀 지연되었는데, 내 그림자가 보이지 않자 주인에게 묻기를, "왜 오늘은 그 사람이 없느냐? 도대체 그 자그마한 사람은 뭘 하는 사람이냐? 무슨 일을 하기에 매일 다방에서 사느냐?"며 나라는 사람의 정체에 대해서 매우 궁금해 하더란다. 그래서 주인이 말하기를, "그 사람은 서울에서 피난 온 소설가다. 하지만 온돌방을 구하지 못해 우리 다방에 불을 쏘이러 나오는 것이다." 라고 했더니, 그중 한 사람이 손을 번쩍 들어 "노~오 노~오!" 라고 외치면서 거짓말하지 말라고 했단다. 그래, 주인이 농담이 아니고 사실이 그렇다고 다시 말했더니, 반신반의하는 태도로 "아니, 소설가라면 돈을 많이 벌었을 텐데, 그게 무슨 말도 안 되는 소리냐?"며, 소설가 생활에 위협을 느낀다는 것이—우리나라에서는 삼류 소설가라도 생활에 위협을 느끼는 일은 없다며 다시 손을 들어 주인의 말을 막았다고 했다. 이에 우리나라는 당신네 나라와는 실정이 달라서 소설이, 더욱이 순수문학이 잘 팔리지 않아 소설가뿐만 아니라 예술인 대부분이 가난하다고 했더니, 눈을 둥그렇게 뜬 채 도리질(말귀를 겨우 알아듣는 어린아이가 어른이 시키는 대로 머리를 좌우로 흔드는 재롱)을 하더란다.

이튿날, 이런 이야기를 그 다방 주인인 음악가에게서 막 듣고 앉아 있는데, 또 그들이 다방으로 들어오다가 나를 보고 히—죽 미소를 지으며 인사를 건넸다. 그리고 그중 제일 나이가 적은 사람이 덥석 손을 내밀어 전례 없이 반가워하며 악수를 청한 후 카멜(담배 이름)을 권했다. 그러면서 하는 말이 자기도 미술을 공부하는 사람으로 예술인을 좋아한다면서, 어제 다방 주인에게서 당신 이야기를 들어서 잘 아노라며, 얼마나 고생이 되느냐고 위로했다. 그러고 나서 대한민국에서는 소설가가 그렇게 돈을 못 버느냐고, 이 다방 주인이 그렇게 말했는데 그게 사실이냐고 물었다. 이에 사실이라며 웃었더니, 정말 사실이냐고 되채며(되받아서 채며) 머리를 흔들었다.

그에게는 그 사실이 그렇게 믿기지 않았을까? 하기야 그렇게 믿기지 않는 사실이 우리에게는 엄연한 사실이다. 그러나 그까짓 사실이야 어쨌든 간에 제주 피난에서 글이 글로 통할 수 있었던 감격에 아주 오랜 만에 나 자신을 되찾은 것만 같았다. 설령, 글 한 줄에 백만 원을 받았다고 하더라도 이런 감격에 감읍되지는 않았을 것이다.

-1955년

나는 이렇게 소설가가 되었다

계용묵

소설가가 되겠다며 소설에 손을 대었던 일을 지금 생각하면 참으로 아찔한 모험이었다. 다른 분야의 학문이라면 연구하는 만큼 거둬지는 성과에 따라 그만한 행세를 할 수 있지만, 지어(至於, 심지어) 소설이야 연구하는 만큼 거둬지는 게 아니기 때문이다. 그러니 쉽게 행세할 수도 없을 뿐만 아니라 어느 정도 일정한 수준을 돌파해야, 그리하여 문단에서 어느 정도 인정받아야만 비로소 행세하게 되는 것이요, 그러기 전에는 대학 문과 몇 개를 나왔다고 해도 인정받을 수 없다.

이렇게 소설이 힘든 것인 줄도 모르고, 나는 소설을 쓰겠다고 덤벼들었다. 발표만 하면 소설가가 되는 줄 알았다. 하지만 이는 한낱 공상에 지나지 않았다. 아무리 투고를 하고 발표를 해봐야, 문단은 반응조차 없었기 때문이다. 그러다가는 십 년 공부 나무아미타불이 될 것 같아서 일시적으로나마 다른 방면으로 방향을 돌려볼까도 생각해봤지만 전공(前

글
쓰는 것이 아니다
짓는 것이다

功, 이전에 세운 공로나 공적)이 가석(可惜, 몹시 아까움)할 뿐이었다. 그렇다고 그대로 버티자니 아무래도 그 성공 여부를 장담할 수 없어서 마음이 늘 초조하기 그지없었다.

소설 공부란 마치 전 재산을 다 털어 바치고 금광(金鑛)을 바라는 모험과도 같았다. 거기에다 한번 물든 이놈의 문학이란, 도대체 어떻게 생겨 먹은 것인지 붓대조차 쉽게 놓지 못하게 하여 밤낮 책상 앞에 붙들어 앉혀 놓고 세월이야 가든 오든 제멋에 취하게 하여 자꾸만 뭔가를 쓰게 만들었다.

글을 쓴다는 것은 제 살을 깎는 것과도 같았다. 쓰면 쓰는 만큼 건강이 부쩍 축났다. 이에 글이란 제 피로 아로새겨지는 것임을 비로소 알게 되었다. 그러자 문득 깨달은 바가 있었다. 내 피로 아로새겨진 것이야말로 내 생명이 아닌가 하는 것이다. 그리하여 글을 쓰다가 죽는 한이 있어도 좋다는 젊은 혈기가 이런 모험에 주심(柱心, 중심)을 북돋워 주었다. 그까짓 성공이야 하건 말건, 내 생명을 살리기 위해서라도 그저 소설만 쓰면 그만이라는 생각을 언제부터인가 하게 된 것이다.

그때부터 다시 마음을 다잡고 각국의 명작이란 명작은 모조리 쌓아 놓고 읽으며 부지런히 글을 쓰기 시작했다. 투고를 통해 자시(自恃, 자기 자신의 능력이나 가치를 믿음)의 역량을 저울질하기도 했다. 하지만 발표는 될지언정, 문단의 반응은 여전히 없었다.

이렇게 소설에 붓을 대고 허비한 시간이 무려 10여 년. 십 년 적공(十年積功, 무엇이든 한 가지를 10년 동안 하게 되면 성공한다)이라는 말도 있는데, 이놈의 소설 공부는 십 년 적공에도 등용문이 절대 열리지 않았다. 과연, 위험한 길이었다. 내 능력이 부족한 원인도 있겠지만, 원체 이 문단국(文壇國, 문인들의 세계)의 등용문 담당 수위가 높아서 좀처럼 문이 열리지 않은 것도 한몫했다.

다른 이의 글 역시 내 글보다 그다지 나은 것 같지 같은데, 왜 나만 그런 것일까? 나는 세심하게 내 글과 다른 이의 글을 비교했다. 그 결과, 등용문 담당 수위가 잘못된 것이 아님을 비로소 알게 되었다.

사실 나는 그때까지 소설을 쓰면서도 소설이 무엇인지 잘 몰랐다. 구성이니, 묘사니, 표현이니 하는 데 있어 그 어느 하나에도 말 한마디, 글자 한 자의 차이로 소설이 되고 안 되는 것임을 몰랐었기 때문이다. 그러다가 말 한마디, 글자 한 자의 차이로 내 글이 남의 것만 못한 것임을 그제야 비로소 알게 되었다.

하지만 그 말 한마디, 글자 한 자의 차이라는 것이 또한 그리 수월한 것이 아니었다. 그렇다고 해서 그것이 일조일석(一朝一夕, 하루아침과 하룻저녁이란 뜻으로, 짧은 시일을 이르는 말)에 이뤄지는 것도 아니었다.

그런 것을 그저 그대로 자꾸 쓰다 보니, 어느 틈엔가 내 이름 뒤에도 소설가라는 레테르(letter, 상표)가 붙게 되었고, 이와 같은 글을 써 달라는 청탁도 받게 되었다. 그러나 아직도 내가 쓴 글을 검토할 때마다 결점투성이임을 발견하게 된다. 그러니 나는 아직도 소설가로서의 꼬리가 완전히 떨어지지 못한 올챙이에 불과하다.

-《신태양》

글
쓰는 것이 아니다
짓 는 것 이 다

무명작가 목 군에게
계용묵

    군(君)은 언젠가 노상(路上, 길거리)에서 나를 만났을 때 발표한 작품을 내가 봤는지 못 봤는지 그것을 말끝에 은근히 경위 떠보고, 아직 보지 않았으면 한번 봐달라는 그런 의미까지 포함된 태도를 보이더군요. 그래서 나는 군이 아마 그 작품에 무척 자신이 있거나, 자기 작품이 활자화된 것을 자랑하는 철없는 자부심의 소유자라고 생각하고 흥미를 느낀 나머지 군의 작품을 주의 깊게 보았소.

    그러나 군의 그때 태도가 도대체 어디서 비롯된 것인지 모르겠소. 자신을 가졌던 것이라고 보자면, 군은 소설을 너무도 모르는 사람이기 때문이오. 또 그걸 자부심이라고 보면 도리어 위신이 떨어질 정도니, 대체 그때 군의 태도는 과연 어디서 비롯된 것이오? 스스로 한번 다시 생각해 보길 바라오.

    '나는', '나는' 하고, '나는' 소리가 한 구절이 끝나고 다음 구절이 시작될 때마다 무척 정성스럽게도 달린 게 눈에 띄더이다. 일인칭으로 글을 꽉 잡고 시작한 소설이 '나는', '나는' 소리를 넣지 않는다고 삼인칭으로 달아날 염려가 있어 그랬소? 아니면, 그런 말의 낭비가 꼭 필요했던 것이오?

그리고 또 하나는 '그러자', '그래서', '그리고' 하는 문구가 말이 접속될 때마다 충실히 붙어 다니더이다. 대체 얼마나 이놈이 붙었나 하고 세어 보았더니, 놀라지 마시오. 무려 오십여 곳에 이르더이다. 그러니 군의 작품에 내가 흥미를 잃었다고 해서, 군이 나를 나무라지는 마시오.

혹시 군이 "아니, 내 글만 그렇소? 소위 기성작가 중에도 그런 사람이 많습니다. 또 안 할 말로 당신은 얼마나 잘 쓰냐?"며 대항한다면 실로 버젓이 대답할 면목은 없소.

내 말은 누구를 시비하자는 것이 아니고 다들 주의해서 글을 잘 쓰자는 것이오. 그러니 군도 부디 그런 줄 알기 바라오. 나아가 어떤 친지의 작가나 평론가가 군의 작품을 칭찬하는 일이 있다면, 글을 모르는 친지의 작가나 비평가이기에 칭찬하는 것은 아닌가 하고 조금이라도 의심해보는 자존심을 갖길 바라오.

섭섭하겠지만, 지금 군의 실력으로는 작품이 되었느니 안 되었느니 하는 얘기마저 시간 낭비에 지나지 않소. 그러니, 부득불(아닌 게 아니라 과연) 군의 작품은 한 십 년간 숙제로 두었다가 보는 수밖에 없을 것이오.

우선, 소설을 쓸 힘을 기르길 바라오.

군! 내 이야기에 찬성이오? 불만이오?

듣자 하니, 군은 그 작품을 발표한 후 기성 문단에서 작가의 지위를 안 준다며 항의했다는 소문이 있던데, 그게 사실이오? 사실이라면 군의 용기는 참으로 무던하오(정도가 어지간하다). 그게 조급증의 소행이라고 해도 나는 그 용기를 치하하면 치하했지 조금도 나무라고 싶지는 않소. 반항하지 않는 것도 좋지만, 반항을 하는 것은 더 좋은 일이오. 그래서 나는 군이 항의했다는 소문을 듣고 어쩌나 반가웠는지 모르오. 기성을 눈 아래로 보고 코웃음을 치는 그 패기야말로 실로 문학에 대한 참을 수 없이 끓어오르는 귀한 정열이 아니고 무엇이겠소. 그런 정열이야말로 군의 문학을 더욱 발전하게 할 것이오. 그러니, 그 정열은 정말 귀한 것이오.

하지만 비록 현저한 차이는 없더라도 말 한마디, 글자 한 자 쓰는 데 있어 조금 낫나 마나 한, 알 듯 말 듯 한 미미한 차이는 분명 존재하오. 또 그것이 실로 작품에서는 십 년, 이십 년 경험의 소산임을, 군 역시 십 년(혹은 이십 년) 후면 저절로 알게 될 것이오. 그러니, 그에 앞서 '그럴까?' 하는 의문이라도 항상 염두에 두고 항의할 필요가 있을 것이오. 만일 그것도 모르고 항의했다가는 결국 조급증의 발악에 지나지 않는다는 악평을 받을 우려가 다분하기 때문이오. 패기 역시 만용이라는 명예스럽지 못한 오해를 받을 것이오.

내 말이 불만이라면 다시 더 말할 필요가 없겠지만, 만일 찬성이라면 이렇게 한번 해볼 생각은 없겠소?

군이 이후에 쓰는 작품은 온종일 앉아서 꼭 한 장만 죽을힘을 다해 쓸 생각을 하고, 한 달에 삼십 장짜리 한 편을 쓴 후 그것을 한 보름을 두고 열다섯 장쯤으로 줄여보시오.

그렇게 한다면 필요한 말은 더는 줄이려야 줄을 수 없으니 자연히 남을 것이요, 필요치 않은 말은 체 밖으로 깎여 나가게 될 것이니, '나는', '나는' 하는 군더더기와 '그러자', '그래서' 따위의 불필요한 접속사 역시 말쑥하게 형체를 감추게 될 것이오.

그런데 이렇게 글을 줄이는 게 말로는 무척 쉽게 될 것 같지만 손을 대보면 제법 시간이 필요하게 되어, 아마 재질(才質, 타고난 재주)에 따라서 1, 2년 차이는 있을지 몰라도 보통은 한 십 년쯤 걸려야 그래도 그 취사 방법의 묘리를 다들 얻나 보더이다. 하지만 문단 생활 이십 년 삼십 년에서도 이런 티를 벗지 못하는 사람들이 간혹 있소. 그러니 군 역시 십 년 이상 걸려야 할지도 모르오.

소설을 쓰는 데 있어 조급증은 금물이오. 부디, 마음을 차분하게 갖길 바라오.

그럼, 몇 해 뒤에 다시 작품을 보기로 하고, 우선은 글을 줄이는 공부에 힘쓰길 바라오. 그리고 발표 전에 한번 사사로이 보고 논의해줬으면 하오.

-〈구국〉

글
쓰는 것이 아니다
짓 는 것 이 다

내 붓끝은 먼 산을 바라본다

계용묵

    나는 지금도 소설과 인생이 무엇인지 잘 모른다. 처음 소설이란 것을 쓰기 시작했을 때도 소설이 무엇인지 모르고 썼다. 물론 인생이 무엇인지도 몰랐다.

    소설이 무엇인지 모르면서 소설을 쓰는 동안 나는 소설이 무엇인지 비로소 알 것만 같았다. 인생이 무엇인지도 알 듯했다. 그래서 인생을 알고 소설을 쓴다고 소설을 써왔다. 하지만 이렇게 인생을 알고, 소설을 알고, 소설을 써 오는 동안, 내가 아는 인생이 그 전부가 아님을 알게 되었고, 내가 쓰는 소설 역시 소설이 아님을 알게 되었다. 이에 인생을 알기 위해 붓을 떼고 말았다. 인생을 모르는 소설이 무엇인지 모르면서 인생을 말하는 소설을 쓸 수 없었기 때문이다.

    지금 나는 인생이라는 것은 고사하고, 나 자신이 누구인지도 모르면서 살고 있다. 만일 이런 것이 인생이라면, 그리하여 저 자신이 누구인지도 모르는 인생을 찾는 것이 소설이 갖는 임무라면, 그것을 쓸 수도 있을 것이다. 그러나 나 자신이 무엇인지도 모르는 이 인생에 차마 흥미를 느낄 수는 없다. 나아가 흥미 없는 인생에 붓끝이 가게 할 수는 없으니, 얼마 동안은 소설에 붓을 대지 못할 것이다.

오늘 이 자리에서 내가 인생을 알게 된다면, 그리하여 인생에 흥미를 느끼게 된다면 다시 붓을 들 것이다. 아마, 그렇게 된다면 나는 과학과 싸우는 소설을 쓸 것이다. 과학의 위력을 두드려 부수는 것이 오늘날 우리 인생이, 진실한 인생만이 느낄 수 있는 통절한 부르짖음이어야 할 것 같기 때문이다.

과학의 힘과 예술의 힘을 맞비겨 보라. 과학은 지금 이 우주를, 이 인생을 진탕 치듯 짓이기고 있다. 동양 사상이 약시약시(若是若是, 이러이러하다) 하면서 춘향의 절개를 가상하다고 무릎 치고 앉았다가 화성인(火星人)과 악수를 하게 된다면 그때도 우리 인생은 예술을 말하고 살까. 또한 그때도 인생이란 것이 존재할까.

나는 오늘의 인생이라는 것을 정말 모르겠다. 화성인과 악수하려고 인생을 배반한 인생을 어찌 알 수 있단 말인가. 나 개인은 나 자신에 불과하다. 하지만 나도 이렇게 살아가고 있으니 인생의 일원임은 분명하다. 인생의 자격으로서 나는 지금 정신이 얼떨떨하다. 그래서일까. 지금 내 붓끝은 한참 먼 산을 바라보고 있다.

- 발표 연도 미상

편지 쓰는 요령
계용묵

근미심차시(謹未審此時, 요즘 어떻게 지내십니까)로 시작해 여불비상서(餘不備上書, 여타의 예와 격식을 다 갖추지 못했습니다)로 끝을 맺어야 편지로서 그 격식을 갖추었다고 보는 낡아빠진 관념을 버리고, 서로 마주 앉아 이야기하듯 하고 싶은 이야기를 충분히 전달하면 된다고 하는 데 이의는 없지만, 역시 형식상의 제약은 받게 되는 것이 편지글이다.

보통의 문장은 어떤 특정한 대상 없이 모든 사람을 대상으로 쓰기 때문에 요모조모 재어 가며 신경 써야 할 일이 없다. 하지만 편지글은 다르다. 상대가 분명하기 때문에 지위나 친불친(親不親, 친한 것과 친하지 않은 것을 아울러 이르는 말)을 따져야 하고, 남녀 간의 성별 역시 구별해야 하는 제약이 있다. 그러다 보니 상대의 얼굴이 빤히 들여다보여서 짐짓 붓끝이 무겁게 되는 것이 사실이다.

편지란, 원래 만나서 해야 할 이야기를 거리의 원격이라든가 그 밖의 특수한 사정으로 인해 부득이하게 종이에 이야기를 적어서 그 의사를 전달하는 것이다. 그 때문에 상대를 만나서 이야기하는 것과 조금도 다름없이 모든 것, 즉 몸짓·손짓·표정까지도 완전하게 전달해야만 한다. 그래야만 편지로서 소임을 충분히 하는 것이기 때문이다.

윗사람에게 쓰는 편지

가령, 그 상대가 윗사람일 경우 외투를 벗고 정중히 대좌하듯 편지에서도 외투를 벗는 것과 같은 예의를 잃지 않아야 한다. 또 그 상대가 친한 친구라면 악수에서부터 느낄 수 있는 친밀한 감정이 편지에도 나타나야 한다. 윗사람이니 곱게 보일수록 이롭지 않을까 해서 정도가 지나치게 존경을 한다든가 마음에도 없는 아부를 해서 환심을 사려고 해도 안 될 것이요, 친한 친구니 아무렇게나 말을 해도 괜찮으리라는 생각에 수하자(手下者, 손아랫사람)에게 말하듯 예를 잃어서도 안 된다.

사람이란, 자기가 받을 대접보다 그것이 소홀해도 감정이 좋지 않고 지나쳐도 좋지 않은 감정을 갖게 되는 법이다.

그러므로 그 상대가 윗사람이건, 친한 친구이건, 수하자이건 간에 편지는 그 상대에 맞는 예의를 잃지 않아야 하며, 조금도 거짓 없는 진심이 담겨야만 한다. 오직 진심만이 사람의 마음을 움직일 수 있듯, 편지글 역시 마찬가지다. 아니, 어떻게 보면 편지에서는 이러한 면이 좀 더 강조되어야 할지도 모른다. 직접적인 생각에 있어서 이해(利害)가 따르기 때문이다.

친구에게 쓰는 편지

편지를 소홀히 하였다가 도리어 그것을 하지 않은 것만 못한 역효과를 가져오게 되는 일이 적지 않다. 내 경우만 하더라도 편지 때문에 어떤 친구로부터 시비를 톡톡히 받은 일이 있다.

그 친구는 필자와 사이가 그리 멀다고만 볼 수 없었다. 그런데 하도 여러 달 동안 만나지 못해서 궁금한 나머지 편지를 한 장 띄웠는데, 편지 허두(虛頭, 글이나 말의 첫 머리)를 "네가 찾지 않으니 만날 수가 없구려."로 시작했던 것이 말썽이었다. 그 문구가 그의 감정을 불쾌하게 했던 것이다.

"그럼 저는 나를 찾아서는 안 되고, 내가 꼭 저를 찾아야 하는 것인가. 건방진 자식!"

필자를 향해 욕설에 가까운 감정을 퍼붓더라고 제삼자가 전했다.

나는 너무도 의외의 말에 깜짝 놀라고 말았다. 그리고 그 문구를 반복해서 다시 읽어보았다. 그제야 그 문구가 친구를 수하자처럼 대하고 있다는 생각이 들었다.

이를 계기로 친구 사이에도 편지를 쓸 때는 그에 맞는 예의를 반드시 잃지 않고 조심해야겠다고 마음먹었다.

비슷한 예를 다른 이에게서도 본 적이 있다. 사실 그들은 그리 친하다고 볼 수 없는 처지였다.

"귀형(貴兄)께서는 ○○○ 씨의 주소를 아실 듯하니, 좀 알려주시면 감사하겠습니다."

문안(問安, 안부를 묻는 말)도 없고, 미안하다는 인사말도 없는 요건만 부탁하는 엽서였다.

이 엽서를 받은 친구는 예의도 모르는 자식이라며 매우 불쾌해했다. 이에 그 역시 그 모욕을 응수하기 위해 꼭 같은 식으로 답장을 썼다.

"○○○ 씨의 주소는 ○○동 ○○번지입니다."

그 후 두 사람은 직접 마주해야 하는 부득이한 경우가 아니면 외면하게 되었고, 차츰 소원해지고 말았다.

이렇듯 편지란, 자칫하면 상대방의 감정을 헤치게 된다. 그 결과, 사교에 적지 않은 영향을 미친다. 이에 편지를 쓸 때는 무엇보다도 그 지위 여하에 따라 그에 상응한 예의를 잃지 않도록 세심한 주의를 기울여야 한다.

말했다시피, 만나서 할 이야기를 글로 전달하는 것이 편지다. 그러므로 편지에는 그 상대를 만난 것처럼 처음 인사가 있어야 마땅할 것이요, 그러고 나서 해야 할 이야기를 해야 한다. 나아가 해야 할 이야기가 끝나면 작별 인사를 해야 하는 것 역시 예의일 것이다.

한 친구가 필자에게 보낸 편지를 실례로 들어 보겠다.

안녕하신 줄 믿습니다.

이력서는 받았는데 양잠과라고 해서 이학부장(理學部長)이 좀 꺼리는군요. 될 수 있는 대로 고려하라고 말은 하고 있습니다.

그런데, 형에게 하나 부탁할 것은 그때 《신문학 사조사》를 내실 때 찍은 《청춘》 등의 표지 사진과 형이 갖고 계신 것을 며칠 동안만 좀 빌렸으면 합니다. 쓰고 나서 곧 반환하겠습니다. 부탁합니다.

한번 만납시다.

2월 10일 백철

계용묵 형전

상대에게 호감을 느끼게 하는 수식어나 그 밖의 필요하지 않은 말은 한마디도 없고, 안녕하신 줄 믿는다는 인사와 한번 만나자는 인사 한마디씩으로 요건만 간결하게 이야기한 편지다. 그러면서도 문면(文面, 문장이나 편지에 나타난 대강의 내용)이 조금도 예의를 잃지 않고 있다. 나아가 그에 상응한 높임말로 대했을 뿐만 아니라 요건을 말하는 문면 또한 다정한 맛을 풍긴다. 더욱이 이 편지가 다방의 전언판(傳言板, 사람을 직접 만나지 못하였을 때 그곳에 올 것을 예상하고 간단히 전언을 기록하여 놓을 수 있도록 마련한 판. 다방의 메모판 따위)에 꽂혀 있던 것임을 고려하면 다방에 앉아서 잠깐 쓴 편지치고 얼마나 정중하게 친구를 대하려고 했는지 알 수 있다.

이렇듯 편지란 수식도, 군말도 필 없이 오직 예의를 갖춰 할 이야기만을 간결하고 명료하게 하여 받는 사람의 머리를 복잡하게 하지 않고, 한번에 그 사실을 명확히 파악할 수 있도록 하는 것이 제일급(第一級, 최고)이라고 할 것이다.

한편, 편지에는 그 내용에서만 예의를 갖춰야 하는 것이 아니고, 겉봉 역시 예의를 갖춰야 한다. 상대의 지위와 친소(親疎)관계, 혹은 남녀 간의 성별에 따라 써야 하는 경칭이 바로 그것이다.

반드시 알아야 할 존칭

윗사람이라도 보통으로 대하는 윗사람과 은사(恩師, 스승), 혹은 부모가 있고, 친구 중에도 보통으로 사귀는 친구와 절친한 친구가 있다. 또 여성 중에는 미혼과 기혼이 있는데, 그에 따라 경칭 역시 달라야 한다. 나아가 그것이 지나치거나 부족하지 않고 그에 상부(相符, 서로 들어맞음) 하는 것이어야 함은 물론이다.

윗사람에게는 일반적으로 '씨(氏)'를 붙이는데, 해방 후 일본식의 보통 존칭 '양(樣)' 대신 우리말을 쓴다고 '씨'를 쓰게 되어 그것이 '양'과 같이 일반화되었다. 이에 아랫사람을 부를 때도 이름 없이 성 뒤에 '씨' 자를 붙여 '이 씨' 혹은 '김 씨'라고 부르게 되었다. 급이 좀 낮아진 감이 있긴 하지만, 그 본래 뜻은 그런 것이 아니니 '씨(氏)'나 '귀하(貴下)'를 쓴다고 해서 실례될 것은 없다.

요즘은 좀 더 높은 존칭인 '선생'을 주로 쓴다. 그러나 사무적인 편지에 이르면 상하, 남녀의 성별을 불문하고 그저 무난하게 '선생'으로 쓰는 경향이 있어 이 또한 급이 떨어지므로 좀 더 대접해야 될 상대에게는 '선생'에다 '님'을 붙여 석교(石橋) 돌다리 식으로 이중의 존칭을 겹쳐 놓은 기현상이 생겼다. 그 결과, '선생' 두 자만 받고 '님'을 겹쳐서 못 받게 되면 홀대를 받은 것 같아서 불쾌한 감정을 갖는 사람이 없지 않아 있는 것이 사실이니, 이래저래 편지 쓰기도 참 힘든 세상이다.

'존전(尊前)', '존좌(尊座)'를 선생에다 받쳐 쓰든가 그대로 써도 좋다. 특히 이런 존칭은 극진히 대해야 할 윗사람이나 은사에게 사용하는 것이 좋다.

부모에게 편지를 할 경우

예로부터 부모의 이름을 쓰는 것조차도 예가 아니라고 했다. 그래서 아버지나 어머니에게 편지할 때는 이름을 쓰지 않고 자신의 이름을 쓴 후 그 아래 본제입납(本第入納, 자기가 자기 집에 편지를 부칠 때 겉봉에 쓰는 말)이라고 써서 보내는 가장 예의를 갖춘 표현이었다. 존전이나 좌하(座下)를 써도 좋다. 그러나 부모가 집에 있지 않고 객지에 있을 때는 직성명(直姓名, 직위와 이름)을 밝히지 않을 도리가 없다.

여자 친구에 대한 호칭

친구 사이에는 친소를 불문하고 형(兄), 대형(大兄), 인형(仁兄), 아형(雅兄) 등을 써도 좋을 것이고, 문우(文友) 사이라면 학형(學兄)이 적합하다.

여성에 있어서 미혼이면 양(孃)을 흔히 쓰지만, 대학을 나온 사람이라면 아무리 미혼이라고 하더라도 그저 이름을 부를 때와 달리 여사(女士)

로 쓰는 것이 좋지 않을까 한다. 기혼이라면 여사(女史)로 쓰이는 것이 무난하고 윗사람이라면 역시 '존전' 등의 존칭을 사용해야 한다.

하지만 여성이라고 해서 군이 여(女)자를 써서 여사(女士)니, 여사(女史)라고 할 필요는 없으므로 남성과 같은 칭호를 쓰는 것이 좋지 않을까 한다. 하지만 미혼과 기혼의 구별만은 분명히 하여 사(士)와 사(史)를 잘못 사용하지 않도록 유의해야 한다.

끝으로, 겉봉 글씨의 상대방 이름 석 자는 해서(楷書)로 쓰며, 성은 이름과 붙여 쓰지 말고 한 자 떼서 쓰는 것이 좋다. 존경의 의미를 담고 있기 때문이다.

– 발표 연도 미상

창작일기

계용묵

5월 13일

왜 이리 창작이 어려워지는지 모르겠다. 도시(都是, 이러니저러니 할 것 없이 아주) 붓을 들기가 끔찍하다. 창작욕은 여전히 사그라질 줄 모르는 데도 쓰기는 을씨년스럽다(날씨나 분위기 따위가 몹시 스산하고 쓸쓸한 데가 있다).

이달 그믐까지 60매 짜리를 하나 써야 해서 구상은 다 해놓았는데 붓이 들리지 않는다. 복잡한 사무(私務, 개인의 사사로운 일)에 붓 놀음이 지친 탓도 있겠지만, 원체 창작하면 겁이 앞서게 된다. 10여 년 전에는 차분하게 앉아서 4, 50매는 문제없이 쓰던 것이 근래에는 이렇게도 어려워지고 말았다. 어떻게 보면 이는 창작이 무엇인지 좀 더 알게 되었기 때문이다. 하지만 쓸 수가 없으니 탈이다.

오늘도 회사에서 나올 때는 집에 돌아가기만 하면 고요히 정신을 가다

듣고 앉아서 글을 써 보리라고 생각했지만 단 한 줄도 쓰지 못했다. 썼다가 찢고, 썼다가 찢기를 7, 8회는 거듭했으리라. 그러니 마음은 역하기가 짝이 없는데, 몸은 피로감을 느낀다. 담배 한 대를 태우고 잠시 누웠다가 다시 붓을 들고 일어나 앉았다.

하지만 열한 시가 넘도록 그대로 붓방아만 찧다 말았다. 그러고는 부질없는 생각만 거듭했다. 이렇게도 창작은 어려운 데, 비평가의 붓끝은 그만한 사정조차 봐주지 않으니.

5월 14일

오늘 밤은 기어코 30매는 쓰리란 생각에 마음을 사려 먹고 붓을 들고 앉았다. 그러나 생각지도 않았던 손님이 찾아왔다. 사실 이런 때 찾아오는 손님처럼 얄미운 이도 없다. 아무리 친한 친구라도 말이다.

오랜만에 시골에서 찾아온 친구라 반갑게 아니 대할 수 없어서 옛날이야기를 한참 동안 나눴더니, 어느덧 열 시다. 그래도 아직 잘 시간까지 두 시간이 남아 있다.

다시 붓을 들고 앉았다.

어이없어 웃고 말았다. 수염이 센 것이다.

내천(川) 자로 그어진 이마에 이제 주름살이 뚜렷이 나타나게 되었거니 하는 정도에서밖에 더 자신의 늙음이 내다보이지 않던 현태는 오늘 아침 면도를 하면서 턱밑 수염이 센 것을 발견했다. 이에 '벌써!' 하는 놀라운 생각에 유심히 아내의 화장대 속 거울에 턱을 비추어 보았다. 그런데 아뿔싸! 수염은 턱밑 그 한 곳만 센 것이 아니요, 여기저기 심심찮게 희뜩희뜩했다. 아침마다 면도날에 자라지 못하는 수염이기에 그렇지, 그대로 버려두었더라면 서릿발 같은 수염이 제법 치렁치렁 옷깃까지 허옇게 늘어졌을 것이다.

'허―수염이 센다! 마흔다섯에 수염이 세?'

어이가 없어 다시 한 번 웃고 말았다.

겨우 이 두 장을 쓰고 나니, 생각이 또 막힌다.

5월 15일

회사에 나가서 글을 좀 더 써볼까 했다. 하지만 너무 복잡하고 시끄러워서 도저히 쓸 수가 없었다. 그러고 보니 조용한 자리에 혼자 있지 않으면 생각이 꽉 갇히고 마는 버릇이 있다. 독서 역시 그렇다. 다년간 혼자서 쓰고 읽고 한 버릇의 영향이 아닌가 싶다.

밤에 두 장을 쓴 후 스스로 생각해도 어이가 없어서 웃고 말았다. 사흘 동안 2백 자 원고지 네 장이라니. 원, 이렇게도 어려울 수가 있을까. 나 자신의 역량에 의심이 든다.

5월 16일

다섯 장을 썼다. 그러나 부분 부분의 문장이 몹시 마음에 들지 않았다.

그래서 찢어버리고 다시 썼다. 하지만 문구가 좀 달라졌을 뿐 역시 그 턱이 그 턱이다. 이러다가는 필시 기한까지 완전한 한 편을 쓰지 못하리라는 생각이 들었다. 이에 구고(舊稿, 전에 써 둔 원고) 한 편을 정리해볼까 싶어 꺼내어 읽어보았다. 개작하지 않으면 쓰지 못할 만큼 잘못된 묘사가 꽤 많았다. 그대로 함(函, 옷이나 물건 따위를 넣을 수 있도록 네모지게 만든 통) 속에 집어넣고 다시 쓰던 뒤를 이어서 쓰기로 했다. 석 장을 더 썼다.

5월 17일

열다섯 장을 썼다. 다른 날보다 그래도 꽤 많이 쓴 셈이다.

오늘은 쓰면 얼마든지 쓸 수 있을 것 같다. 그러나 이미 피로해진 심신은 앞으로 더 내킬 수가 없다. 한참 머릿속에 어물거리는 상(相)을 끄집어내지 못하고 자리에 눕고 말았다.

누워서 가만히 생각해보니, 당장 그것을 꺼내놓지 않으면 그대로 머릿속에서 썩어 다시는 떠오르지 않을 것만 같았다. 다시 일어나 불을 켜고 앉아 잊어버리지 않을 정도로 대충 아무렇게나 적어놓았다. 내일의 참고로 삼기 위해.

- 1939년 7월 《조선문학》 제20집

글을 쓰려면 눈과 귀와 모든 감각을 날카롭게 해야 합니다.

특이한 생각도 만들어 낼 줄 알아야 합니다.

좁은 창문을 깨뜨리십시오.

마음을 훨씬 자유롭게 넓히십시오.

또 다양한 작품을 읽어야 합니다.

교양과 지식이 많아야 좋은 글을 쓸 수 있기 때문입니다.

좋은 글을 쓰려면,

여러분이 날마다 직접 보고, 경험한 일 가운데 가장 재

미있고, 누군가에 이야기하고 싶은 것을 짧은 글로 쓰는

연습을 끊임없이 해야 합니다.

글 쓰는 사람들에게
박용철

　여러분의 동요(童謠, 문학 장르의 하나로, 어린이들의 생활 감정이나 심리를 표현한 정형시)는 왜 그리도 모두 똑같습니까? 모두 똑같이 소위 동요라는 냄새가 납니다.

　글을 쓰려면 눈과 귀와 모든 감각을 날카롭게 해야 합니다. 특이한 생각도 만들어낼 줄 알아야 합니다. 아닌 게 아니라, 여러분의 동요에는 날카롭고 특별한 데가 있습니다. 하지만 모두 마음이 좁습니다. 마치 좁은 창문을 통해 세상을 내다보는 것 같습니다.

　좁은 창문을 깨뜨리십시오. 마음을 훨씬 자유롭게 넓히십시오. 동요라고 해서 시, 나아가 문학과 다른 것은 아무것도 없습니다. 동요를 쓴다는 생각에 너무 사로잡히지 말고, 자신이 쓸 수 있는 가장 좋은 글을 쓸 생각으로 동요를 쓰십시오. 그래야만 좋은 동요를 쓸 수 있습니다.

　그렇다고 해서 독서의 범위를 동요나 동화에만 국한해서는 안 됩니다.

다양한 작품을 읽어야 합니다. 교양과 지식이 많아야 좋은 글을 쓸 수 있기 때문입니다.

좋은 글을 쓰려면, 여러분이 날마다 직접 보고, 경험한 일 가운데 가장 재미있고, 누군가에 이야기하고 싶은 것을 짧은 글로 쓰는 연습을 끊임없이 해야 합니다.

-1932년

제법 소설을 끼적거려 본 사람이라면 누구나 경험했겠지만, 어떤 지식이건 그 윤곽이나 일부분만 어렴풋이 알아서는 도저히 붓을 댈 수 없다. 사소한 부분까지 알아두지 않으면 단 한 줄의 묘사도 제대로 할 수 없기 때문이다. 이는 요리법이 아닌 다른 것에 있어서도 마찬가지다. 세태 혹은 풍속과 함께 당대 사회의 세계사적 이념까지 자세히 알지 않고는 어떤 인물이나 사건도 자세히 묘사할 수 없다. 또 안다고 해서 전부를 그릴 수 있는 것도 아니요, 아는 것을 그대로 고스란히 기록화할 수 있는 것도 아니다.

문학의 본질
김남천

1

문학의 본질(本質, 본디부터 가지고 있는 사물 자체의 성질이나 모습)
이라는 제목을 가지고 며칠 동안 여러분께 이야기하고자 한다.

대체로 문학이니, 예술이니 하는 소리는 우리가 하루에도 몇 번씩 듣
고 있을 뿐만 아니라 중류층 이상의 가정에서는 이미 일상적인 말이 되
어버렸다. 그러니 "문학이란 과연 무엇이냐?"고 물어도 "이렇다"고 또
렷이 대답할 수 없다. 설령, "문학이란 이런 것이다." 며 즉석에서 대답하
는 교양 있는 사람이 있다고 해도 그것이 과연 어느 정도까지 정확하게
문학이라는 말이 갖고 있는 개념의 내용과 범위를 설명할 수 있는지 보
증할 수 없다. 더욱이 세월이 흘러도 변할 줄 모르는 문과 교수들의 낡은
잡기장(雜記帳, 여기 가지 잡다한 것을 적는 공책) 속의 문학에 대한 정

의와도 어디가 어떻게 다른지 알 수 없다.

이처럼 일상적으로 쓰는 말임에도 불구하고, 정색하고 물어보면, 누구 하나 똑똑하고 과학적으로 대답하는 사람이 없을 만큼, 문학은 여러모로 정의되어 왔다.

여러분도 잘 알고 있는 러시아의 대문호 톨스토이 역시 〈예술이란 무엇인가?〉란 논문에서 예술과 문학이 무엇인지 설명하기 위해 몇십 가지 각각 다른 정의를 인용한 바 있다. 하지만 백 년 뒤의 우리는 과연 어떤가. 그가 내린 정의에 결코 만족해하지 않고 있다.

각양 각층의 예술가와 문학가들 역시 마찬가지다. 물론 이 짧은 이야기 속에 그런 여러 가지 의견을 모두 인용하고 비판할 수는 없다. 그뿐만 아니라 문학이 현재 문제 삼고 있는 모든 것을 전부 이야기할 수도 없다. 이에 문제를 국한, 범위를 좁혀서 대강의 윤곽만을 이야기하고자 한다. 그러므로 여기서는 문학의 본질이 무엇인지를 통해 현재 우리 문학이 당면한 몇 가지 과제에 관해서 살펴보고자 한다.

만일 이 글이 여러분의 문학적 교양을 조금이라도 풍부하게 할 수 있는 자양분이 된다면 나는 이를 더 없는 즐거움으로 생각할 것이다.

2

먼저, 문학의 개념과 그 범위에 관해서 간단하게 설명한 후 문학과 우리의 생활을 연관 지어 이야기하고자 한다.

우선, 문학은 언어를 통해 이루어지기 때문에 다른 예술, 예컨대 음악이나 그림(회화), 조각, 영화와 확연하게 구별된다. 나아가 언어를 통해 사람이 갖고 있는 지혜를 기록한 다른 학문과 구별될 필요가 있다.

사실 지난날 혹은 이즈음에도 문학이라는 범위에 경제학적 문학 · 철학적 문학 · 기술적 문학 등의 별칭을 붙이려는 사람이 더러 있다. 그뿐만 아니라 역사적 기록이나 연대기 역시 문학이라는 이름으로 불리고 있다. 기독교의《성경》을 히브리 문학이라고 하는 것이 가장 대표적인 예다. 동양 역시《논어》,《맹자》,《삼국사기》와 같은 기록물을 문학이라고 부른다.

하지만 우리가 여기서 이야기하고자 하는 문학은 그것과는 확연하게 구분될 뿐만 아니라 그 범위와 내용 역시 또렷하게 규정되어야 한다.

옛날에는 모든 문화가 원시적인 형태로 통일되어 있었기 때문에 철학적인 저술과 종교적 설교 역시 문학이라는 범주에 포함되었다. 하지만 갈수록 사회가 복잡해지고 계급 생활이 갖는 형태 역시 변화를 거듭한 결과, 피차의 분야가 서로 명백해지면서 철학과 의료, 법률 등이 각각 따로 떨어져 나가게 되었고, 문학이라는 말 역시 예술 문학만을 지칭하는 것으로 변하였다.

이와 같은 분화의 과정은 예술 자체 내에서도 볼 수 있다. 원시 사회에 있어서는 음악과 시가 함께 융합되어 있었지만, 그 후에는 서로 특수한 형태를 밟기에 이르렀기 때문이다.

이렇게 각 문화 형태가 분화 과정을 일으키게 된 것은 생산관계의 변천에 따라 경제적인 토대 위에 건설되는 의식 형태가 변했기 때문이다. 사회가 점점 복잡해져 가고 계급 생활이 단단해져 갈수록 같은 문화, 같은 예술, 같은 문학 속에서 점점 문학의 분화 과정과 분해 작용을 거듭해 온 것이다. 이는 미래에도 마찬가지일 것이다.

그러나 문학이 이런 모든 것과 구별될 수 있다고 해도 그것은 서로 절연(絕緣, 이연이나 관계를 완전히 끊음) 상태에 있는 것이 아니다. 문학은 다른 의식 형태와 서로 작용하면서, 특히 철학과 정치와의 상호작용 속에서 형성되기 때문이다.

물론 문학이 사회적인 생산관계에 의존하지 않는다고 주장하는 예술 지상주의자나 문학주의자들은 이에 반대하고 있다. 이에 문학의 분화 과정을 괴상하고 모호하게 설명한다. 하지만 그것은 다시 날을 잡아 비판하기로 하자.

다른 사회적 의식과 마찬가지로 문학 역시 일반적 · 생산적 · 계급적인 기초 위에서 성장하면서 인간적인 사회 활동과 함께 자신이 처해 있는 계급에 봉사하는 하나의 인식 형태임은 두말할 필요가 없다. 특히 문학이 언어라는 것을 통해 표현되면서 다른 과학과 학문에서 구별되는 것은 그것이 형상적인 형식을 갖추고 있기 때문이다. 그러므로 '형상적'이라는 말을 이해하지 못하면 예술 문학의 특수성 역시 이해할 수 없다.

그렇다면 형상적인 형식이란 과연 무엇일까.

3

지금까지 "예술 문학이란 무엇이냐?"는 물음에 대해 사회의식과 현실에 대한 인식을 목적으로 한다는 점에서 과학과 같지만, 인식과 표현의 방법 차이로 인해 과학과 구별될 수 있음을 알아보았다. 나아가 문학의 특수성을 언어에서 찾을 수 있다는 것도 알게 되었다. 그 결과, '예술 문학이란 사회의식과 현실에 대한 인식을 특수한 언어 문자로 표현한 형상적인 형식이다'는 결론에 도달할 수 있다.

사실 예술적 방법과 과학적 방법의 차이를 설명하려면 부득불 형상적 형식에 관해서 먼저 확실하게 이해할 필요가 있다. 그러나 과학과 예술 문학이 아무리 객관적 진리를 인식하고 표현한다고 해도 공평하고 순수한 태도를 그대로 반영하는 것은 결코 아니다. 역사에 기록된 모든 과학자와 문학 예술가는 항상 그들의 입장과 생활의 필요 때문에 객관적 현실을 재단했기 때문이다. 그러므로 그들이 재단한 결과로서 나타난 과학과 예술 문학에는 재단하는 사람의 필요와 요구, 감정이 진리의 인식에 있는 까닭에 그것이 훌륭하고 가치 있다는 객관적인 결정과 평가는 결국 그 과학과 문학예술이 얼마나 많은 진리를 표현하고 있는가에 따라서 결정되는 것이다.

순수문학을 주장하는 사람들이 아무리 순수한 예술을 만든다고 해도 거기에는 출신 계급과 교육 정도, 생활 감정이 다른 사람들이 모일 수밖에 없다. 그러다 보니 항상 자기 생활 감정에 지배되고, 출신 계급의 분위기와 취미에 따라 사물을 제각각 표현할 것이 틀림없다. 그런 가운데 누가 가장 훌륭하고 가치 있는 예술가냐는 것은 필연적인 것을 누가 더 많이 표현하고 추상하느냐에 따라 결정되는 것이다. 동시대 · 동일한 계층 · 직업 · 연령 · 성별 · 환경 · 의식 등에 속하는 수많은 사람 중에서 가장 전형적인 것을 종합 창조하는 것, 이것의 잘잘못에 따라 그 가치의 여하가 결정되는 것이다.

그렇다면 예술의 추상과 과학의 추상은 과연 어떤 차이가 있을까?

예술은 일반적인 것, 필연적인 것을 감성적 · 개체적 형태에서 파악하는 데 반해, 과학은 현실의 감상적인 개별적 현상을 논리적 · 일반적 형태에서 파악한다.

조금 전에 말한 형상적 형식이라는 문구는 결국 예술 문학이 일반적이고 필연적인 것을 감성적 · 표상적 · 개체적 형태에서 파악하고 그것을 문자로써 표현하는 것을 말하는 것에 불과하다.

이제 그것의 쉬운 예를 들어 문학예술의 형식과 과학 형식의 차이를 살펴보기로 하자.

4

여기, 개 한 마리가 있다고 하자. 예술 문학가가 그리는 개는 필연적이고 일반적인 것이어야 한다. 나아가 감성적이고 개체적인 면에 있어서 현실에 살아 있는 개여야만 한다.

그러나 동물학자의 입장에 서 있는 과학자의 경우, 현실의 어떤 개가 다른 개와 본질적으로 구별되는 개성적인 특징을 명백히 밝힘에 있어 그 피부의 형태 혹은 후각의 정도, 기타 여러 가지 습성 등을 각 부면에 따라 분석하고 다른 종류와의 필연적인 구별을 명백히 밝힌 후 마지막으로 종합적인 차이를 발달사적으로 설명할 것이다.

이러한 과학적 방법의 과정을 보면, 그 출발점은 예술 문학가의 그것과 마찬가지로 평범한 개에 불과하다. 하지만 여러 과정을 거치면서 특정한 종류의 개로 재현된다. 이 재현은 결코 감성적인 것이 아닌 논리적·개념적인 것이다. 이를 역사를 연구하는 역사 과학자와 하나의 역사적 사건을 제재로 글을 쓰는 소설가의 태도에서 살핀다면 한층 더 명백해질 것이다.

한 시대를 그리고자 할 때 문학가는 그 시대의 전부를 그릴 수 없다. 그러므로 그 시대에서 가장 전형적인 정황을 포착, 그 정황 속에서 활약하는 가장 전형적인 인물의 행동을 통해 그 시대를 담게 된다.

그러나 역사 과학자는 다르다. 시대를 경제적·정치적·문화적인 여러 측면을 통해 고찰하고 다시 그 시대를 초기와 중하(中下)기로 나누어 추상적으로 고찰한 뒤 그 시대의 특성을 전대와 후대와의 구별 혹은 동일과에 있어서 명확히 해야 한다. 이를 통해 그가 그리는 시대는 일반적인 논리적 규정의 종합으로서 재현되게 된다.

결국, 일반과 개별과의 통일로서 진리를 표현함에 있어서 과학은 감성적인 개별을 일반적 논리적 규정에 의해 재현하고, 예술 문학은 일반적인 것을 감성적 표상적인 개체로써 표현하는 것이다. 이렇듯 과학과 예술 문학은 서로 진리의 파악과 표현에 있어서 다른 태도를 가지면서 특수한 형식을 구성한다. 하지만 그 외에도 둘을 엄밀하게 구별시키는 또 하나의 중요한 계기가 있다.

사실 진리 인식 능력만을 갖고는 그 방법과 형식이 아무리 다르다고 해도 결국 과학의 목적과 똑같다고 할 수 있다. 그 때문에 예술 문학과 과학이 다른 점을 궁극적인 결과에서 찾기란 곤란하다. 그러나 그 방법에 있어서 내용과 형식이 서로 다른 이상 표현하는 가치 역시 서로 달라야만 한다. 이것이야말로 둘을 구분 짓는 가장 큰 특징이라고 할 수 있기 때문이다.

- 1936년 9월 1일~4일 《조선중앙일보》 〈상식 강좌〉

글
쓰는 것이 아니다
짓 는 것 이 다

시대와 문학의 정신

김남천

─ '발자크적인 것'에의 정열

1

모 잡지로부터 문학의 건설 방법에 대한 질의를 받은 후 가장 먼저 통일된 정신을 가져야 한다고 말한 적이 있다. 추상적인 절규나 일화(逸話, 아직 세상에 알려지지 않은 이야기) 나부랭이를 들고 감히 문학 정신의 탐색을 위장하는 것보다 우리가 가진 작품과 작가의 주밀(周密, 치밀하고 꼼꼼함)한 분석, 평가 속에서 어떤 원리적인 것을 찾아보자는 마음이었다. 하지만 현재 우리 문학이 처한 위기와 상황을 고려해 통일된 문학 정신의 건립이 여하히(의견·성질·형편·상태 따위가 어찌 되어 있게) 곤란함에 관해서 얘기한 후 이러한 통일 정신을 탐색하는 비평가의 과제로서 원리적인 것의 수립을 위한 작가론 및 작품비평의 중요성에 대해 일반의 주의를 환기하는 데 그치고 말았다.

그 후 2~3개월 동안 이에 대한 평론가들의 수많은 제안과 처방을 여러 신문과 잡지를 통해 읽었다. 그러나 '독창성의 창조'니 '리얼리즘의 초극(超克, 어려움 따위를 이겨 극복해 냄)'이니 하는 등등의 모든 논책(論策, 시사 문제 따위를 논한 글. 또는 그런 문체)이 현재 우리 문학의 평가에 대해 언급함이 없는 순전한(순수하고 완전한) 사변적(思辨的, 경험에 의하지 않고 순수한 이성에 의하여 인식하고 설명함. 또는 그런 것)인 것이거나 고전작가의 '맥시므', '에피그램(Epigram, 경구)', '포르트레(portrait, 초상화, 초상 조각)'의 요설적인 주석, 또는 일화의 무질서한 나열임에 실망하지 않을 수 없었다.

평론과 비평은 피로해 하고 있다. 그 결과, 히스테릭한 절규 아니면 때때로 요설(饒舌, 쓸데없이 말을 많이 함)을 거듭하지 않을 수 없다. 이것이 평론이 작가의 존경을 받을 수 없는 가장 큰 이유다. 이에 나는 '시대의 분열과 문학 정신'이라는 제목을 다시 받아들여야만 했다. 하지만 수개월 전의 안일하고 소극적인 방책을 더는 되풀이해선 안 되었다.

원리적인 것의 탐색을 위한 작가론, 즉 작품 분석의 중요성은 그대로 하나의 방책일 수 있다. 그러나 더는 그것을 되풀이해선 안 된다. 그렇다면 무엇을 제시해야 할까? 모든 것을 통일할 수 있는 유일한 문학 정신의 탐구, 나아가 방책은 과연 무엇일까?

하지만 나는 여기에 솔직하게 고백하지 않을 수 없다. 그것을 제시할 수 없다고…….

　방책을 제시하든가, 그 방법을 제시할 능력이 없다는 것은 비평의 포기요, 평론의 실권(失權, 권리를 잃음)이다. 그뿐만 아니라 '문학 하는 것'의 실격이기도 하다. '문학 하는 것'의 자격과 권리와 의무를 스스로 포기하고 상실하면서 과연 어떻게 문학을 할 수 있을까? 나는 그것을 믿을 수 없다. 이에 스스로 나서서 그것을 감히 제안할 수는 없지만, 각자가 모두 '문학 하는 것'의 의의와 그것을 어떻게 끌어가느냐 하는 것에 대한 일정한 신념을 가진 것이라는 결론에 이르지 않을 수 없다. 그 신념이 무엇인지 명확히 말할 수 있을 만큼 성숙하지 않았는지도 모른다. 그러나 명확한 재단(裁斷, 옳고 그름과 착하고 악함을 가름)에 이르기 전에 일종의 성실한 상념(想念, 마음에 떠오르는 생각)의 애매성(曖昧性, 애매한 성질)이 때로는 여하한 결론보다 더 가치가 있음을 우리는 경험한 바 있다. 이러한 사고나 신념의 애매성 — 그것은 때때로 적절한 표현방식을 통해 '고백' 되곤 한다.

　나는 문학에 종사하는 작가와 시인들에게 종종 '고백'을 요구하고 있다. 그러나 그 고백이 결코 평론이나 비판일 수는 없다. 그것만으로는 '고백'에 지나지 않기 때문이다.

　하지만 추상적인 관념이나 평론가의 요설을 통해 명확한 표현을 찾을 수 없으면, 그 고백의 이면을 들여다볼 수밖에 없다. 진실을 이야기하여 조롱(操弄)하는 것이 허세를 부리고 난 뒤의 허망한 공감보다는 훨씬 더 착하고 '문학 하는 것' 같기 때문이다.

나는 이 글을 하나의 '고백'으로 삼고 싶다. 이에 뭘 제시하거나, 제창하거나, 처방하지 않을 생각이다. ─ 이러한 곳에서 '문학 하는 것'의 의의를 찾는 사람도 있다. ─ 하지만 사고에 관한 하나의 참고자료가 되기를 희망한다.

- 1939년 4월 29일 《동아일보》

2

"작가란 동혈(洞穴, 벼랑이나 바위에 있는 동굴) 속에 남겨 놓은 제 새끼를 보살피는 어미 호랑이와도 같다. 비록 어미 호랑이는 등에 화살을 맞아 치명상을 입었을지라도, 그것 따위는 전혀 신경 쓰지 않고, 오직 새끼를 위해 젖을 물리는 것처럼."

셰스토프(chestov, 러시아의 철학자)의 《톨스토이와 니체의 가르침에 나타난 선: 철학과 교설》이라는 책의 서문에 나오는 말이다. 아마 벨린스키의 인간적 약점을 폭로하는 내용을 기억하는 사람이 있을 것이다. 그는 여기서 미친 듯이 추궁하고 있다.

"대중이란 지나칠 정도로 많이 알아서는 안 된다. 다만, 대중에게는 이상이 필요하므로, 대중에게 봉사하려는 사람은 이상을 수립할 필요가 있다."

그는 여기에서 '이상' 뒤에 숨어 있는 모든 인간적인 약점과 사생활의 비밀을 폭로하고 대중에게 전달해 사회에 봉사한다는 이상주의의 허망함을 통렬히 공격하고 조소하고 있다. 이에 벨린스키에게도 그런 상처가 있음을 고백한다.

—"그것은 그의 흉포성과 인용된 편지, 화투 취미 같은 것이 증명한다."—

하지만 이는 벨린스키 개인에 대한 개인적인 항변은 절대 아니다. 나로드니키(Narodniki, 19세기 후반 러시아의 청년 귀족과 급진적 지식인을 중심으로 일어난 농본주의적 사회주의. 또는 그런 사상을 가진 집단)적 지도자 미하이롭스키에게나 또는 이상을 내걸고 대중을 이끄는 모든 이론가와 사상가에 대한 셰스토프의 철저한 반항이라고 할 수 있다. 이에 《비극의 철학》에서 다음과 같이 한탄하고 있다.

"희망은 영원히 사라져버렸다. 하지만 전과 다름없이 살아가야 한다. 생명이 다하려면 아직도 멀었기 때문이다. 죽고 싶어도 죽을 수 없다."

그는 도스토옙스키와 니체의 연구를 거쳐 땅 위에서 일어나는 일체의 배덕(背德, 도덕에 어긋남)과 불행과 좌절과 추악(醜惡, 더럽고 흉악함), 배신을 저 자신의 등에 짊어지고 배교자(背敎者, 믿던 종교를 배반한 사람) '유다'와 같이 감람산을 향하리라고 결심한다. 이에 이렇게 되풀이하고 있다.

"토대를 잃어버리는 것이 회의의 단초(端初, 실이나 사건을 풀어나가는 첫머리)다. 이상주의가 현실의 공격에 대해 무력하고 운명의 의지에 종용되어 사람이 현실과 충돌하고 선천적인 아름다움이 허위에 불과하다는 것을 알고 놀랐을 때 비로소 회의적인 마음이 그의 가슴에 끓어오르고 낡은 공중누각의 벽을 일시에 파괴해버리는 것이다."

그 결과, 셰스토프는 신에 대한 신앙을 거부할 뿐만 아니라 미래에의 신앙을 거부하고, 결국 악마에의 신앙까지도 거부하기에 이른다. 나아가 끝까지 제 목숨을 스스로 끊지 못한 채 지상의 온갖 치욕과 죄악을 한 몸에 지니고 유다와 같이 저주의 등산을 경험하게 된다.

불행하게도 내가 다시 붓을 들게 된 시기는 우리 문학인과 지식인이 셰스토프와 비슷한 상황에 있을 때였다. '과연 문학이 일생의 천직일 수 있는가?', '문학이냐? 정치냐?'를 겨우 처리하면서 붓을 든 내가, 그때 자신의 '문학 하는 신념'을 토로한 것은 주지하는 바와 같이 고발정신 때문이었다.

고발정신의 광범위한 과제 중 하나로 가장 치열하게 추급(追及, 뒤쫓아서 따라붙음)하고자 한 것은 다름 아닌 자기 고발정신이었다. 그 후 '모럴' 설정을 경험하였고, 그렇게 해서 다소간 정신적 여유를 얻은 고발정신은 객관적 묘사의 한가운데서 풍속을 찾기에 이르렀다.

하지만 나는 그 과정에서 다른 사람에게 제시할 어떤 이야기도 습득하지 못하였다. 그렇다고 해서 고발정신의 준엄한 비판자들에 대한 회고(回顧, 지나간 일을 돌이켜 생각함)까지도 기억 속에서 내쫓을 수는 없었다. 과연 그들은 자신들이 무엇이라고 매언(罵言, 심한 욕설)을 퍼부었던가? 아직도 내 귀에는 그 소리가 너무도 생생하다.

고발정신을 공격한 이는 많았다. 자기 고발의 허망함을 비판한 이 역시 적지 않았다. '유다적인 것과 문학'을 셰스토프와 엮어서 통렬히 매도한 것도 훌륭했다. 도덕론과 모럴의 확립을 소시민의 장난이라고 비웃은 것도 좋았다. 고발정신과 풍속론에 대한 관심의 결여와 나의 불성실함을 지적하는 것도 좋았다. 그러나 그들의 호령과 절규의 사변을 정지하고 잠시나마 제가 서 있는 자리를 둘러볼 만한 진실성을 토로하는 이는 드물었다. 요설(饒舌) 뒤에 있는 공허한 마음을 통절히 느끼는 이 역시 거의 없었다. 실로 '유다'를 속된 기독교도처럼 조소할 줄은 알면서도 일체의 추악과 치욕을 등에 짊어지고 감람산으로 향하려는 자는 하나도 없었던 셈이다. 실로 그것뿐! 이에 나는 제씨(諸氏, 여러 사람을 높여 이르는 말)의 '성실'의 고백을 치열하게 요구하는 바다!

– 1939년 4월 29일 《동아일보》

3

비판이 때때로 방관을 도폐(塗蔽, 덮거나 숨김)하는 때는 바로 그런 순간이다. 고발문학론과 풍속론에 의한 '로만개조론(모럴, 풍속론을 구체적인 창작 방법론으로 전환한 것)'과의 사이에 인간적 성실이 결여되었는가? 제씨의 비판과 최근의 주장과의 사이에 진실성이 얼마나 관련되어 있는가? —이것을 증명하기에 실로 얼마나 많은 세월이 필요하였던가? 하지만 역사는 이를 증명하기 위해 일 년 이상 허비하지 않았다. 그런

데 지금 제씨는 다시 제창하고 비판하기에 이르렀다. 그것이 일 년 전의 '비판'처럼 기만에서 시종(始終, 시작과 끝)하지 않으리라고 과연 누가 보증할 것인가. 그 결과, 논자(論者, 이론이나 의견을 내세워 말하는 사람)에 대한 불신은 '문학 정신' 전체에 대한 신의 부정으로 옮아갈 것이 틀림없다.

　나는 일찍이 자기 고발의 추궁에서 '모럴' 확립의 실마리를 잡으려고 애쓸 때 방관자와 제삼자의 허세적인 비판을 경계하며 이렇게 말한 바 있다.

　"작가 스스로 절실하다고 생각하는 문제가 역사나 국가, 사회로서도 매우 중요하고 절실한 문제인가? 그런 문제를 어느 정도까지 자기 개인의 문제로 삼느냐가, 현대 작가에게 있어서 가장 곤란하고 중요한 문제이자 긴요한 문제임이 틀림없다."

　일천 년 가까운 장구한 기간 동안 동서의 수억 명의 기독교도가 '유다'를 저주하고 그의 죄악을 암송(暗誦)하였다. 그러나 "너희들 중에 죄 없는 자는 피녀(彼女, 죄인)에게 돌을 던지라."는 교훈을 실천하는 자는 극히 드물었다. 더욱이 인류의 온갖 죄악과 치욕을 스스로 자신의 것으로 생각하고 그것을 그대로 등에 걸머진 채 감람산으로 향한 사람은 과연 얼마나 될까.

　나는 모른다! 자기 고발의 비판자 중에서 자기의 '성실'이 거짓이 아니었음을 이야기할 수 있는 사람이 몇이나 되는지. 나는 그것을 아직 알지 못하고 있다. ─고발정신은 그의 첫 과제로 자기 고발을 추궁하였다.─

글
쓰는 것이 아니다
짓 는 것 이 다

자기 고발은 '모럴'의 확립으로 발전하고 — 이여(爾餘, 그 나머지) 고발 문학은 풍속 관념의 문학적 정착을 얻은 후 리얼리즘의 구체화를 꾀하여 '로만개조론'으로 이어졌다.

과연, 이 과정에서 고발정신은 성실을 결(缺)하였는가. 오늘은 리얼리즘, 내일은 로맨티시즘, 오늘은 감성, 내일은 지성, 그리고 생각나는 대로 괴테로! 위고로! 가끔 가다가는 페단틱(pedantic, 지나치게 규칙을 찾음)한 철학적 교설로! — 과연 제씨 등은 어떠한 성실을 고발정신의 비평에서 보여주고 있는 것일까? 그러나 고발정신은 이 이상 제씨의 이야기에 귀를 기울일 필요가 없다. 자기의 행정(行程, 일이 진행되어 가는 과정)을 정지하고 답보(踏步)할 필요가 없어졌기 때문이다. 신경과민과 신체의 상처를 떨어버리고 자신의 건강과 영양을 갖기 위해 새로운 계단으로 옮아가야 할 시기에 당도했기 때문이다.

크건 작건 그것은 '모럴'을 거쳐 오늘에 이르렀고, 리얼리즘을 고집하여 지금에 이르렀다. 또 빈약하나마 '세태'와 자기를 구별하고 '현학'과 국경을 명백히 한 '풍속'을 획득하여 새로운 묘사 정신을 잡으려 하고 있다.

지금 내가 새로운 정열을 그 위에 부여하는 것은 이 또한 고발정신의 인간적인 불성실일까? 나는 다음에 이를 명백히 밝히지 않을 수 없을 것이다. 그렇다면 새로운 계단을 향해 문학의 정신을 풍부히 하고 윤택 있게 하는바, 새로운 정열이란 과연 무엇일까? 그것은 '발자크적인 것'으로 표현할 수 있는 강렬한 묘사의 정신이다. 그러나 지금 내가 2년 동안의 나 자신의 문학 과정의 결과에 서서, '발자크적인 것'에다 하나의 순간을 허락하려고 할 때 나는 '발자크'적 방법과 관련된 약간의 회고를 여기에 기록하지 않으면 안 될 듯하다. 2년 전, 내가 자기 고발을 통해 문학의 주체 건립에 노력하고 있을 때 이 땅의 평론가들은 부당하게도 작가에게 '발자크'적인 객관 묘사를 권하고 있었으므로.

-1939년 5월 6일 《동아일보》

4

2년 전 제씨 등이 '발자크'적 방법을 표방한 것은 순전히 주체에 대한 성찰과 작가의 자기 분열, 통틀어 사색적인 것 전부를 거부하고 망각하기 위해 방편적으로 불러본 것에 지나지 않았다. 그들은 자신의 문제를 완전히 선반 위에 올려놓고 그대로 객관 세계에 몰입할 것만을 주장하였다. 그렇게만 하면 객관 세계는 충분히 인식될 수 있고, 훌륭한 리얼리즘 역시 구현할 수 있다면서.

그들은 발자크의 훌륭한 객관 묘사가 당대 사회의 본질을 묘파(描破, 남김없이 그리고 밝혀 냄)했다는 구두선(口頭禪, 실행이 따르지 않는 실없는 말)을 날마다 되풀이했다. 그러나 이러한 주장의 진위를 증명하는데 역사는 그다지 많은 시간이 필요하지 않았다.

제씨 등에 의해 리얼리즘이 얼마나 발전하였는지, 그들이 리얼리즘의 진전을 위해 어떤 노력을 했는지 — 여하튼 지금은 리얼리즘을 부르짖는이도 없을 뿐만 아니라 발자크 역시 일시(一時)어인 영문을 몰라 지하에서 고요히 눈을 감고 있을 뿐이다. 이처럼 유행의 건망증은 그것마저도 망각의 하천에 던져버리고 태연하기 그지없다.

이러한 때 주체를 내버려 두는 것이 여하히 허망된 것임을 완강히 주장하며 모럴의 획득 없이는 객관 세계의 인식이 불가능하다는 것과 고발 정신의 많은 과제 중 하나로 자기 고발을 실천하라고 외치는 것은 과연 잘못된 일일까.

나는 결코 2년이란 짧은 시일이 모든 과제를 해결했다고는 생각하지 않는다. 자기 분열이 초극되었다든지, 주체가 확립되었다든지, 모럴이 획득되었다든지 — 나는 그 성과를 말하고 싶지 않다. 그러나 나는 지금 나 자신을 어느 정도까지 리얼리즘의 새 계단 위에 서게 할 수 있을 만한 심리적인 준비는 치렀다고 말할 수 있다. 왜냐하면, 고발의 정신은 리얼리즘으로 하여금 풍속을 고려하게 할 만한 정신적 여유를 갖고 있기 때문이다. 나아가 '리얼리즘을 버리라!'든지, '리얼리즘의 초극'이라고 하는 평론가들의 권유를 완강히 거부할 만한 정신적 준비를 이미 끝마쳤다.

이제 리얼리즘은 새로운 발전의 실마리(일이나 사건을 풀어 나갈 수 있는 첫머리) 위에 서 있다. 그렇다. '발자크'는 이제 오랜 잠에서 깨어나 그 거대한 체구를 이곳에 나타낼 시기에 이르렀다. 셰스토프적인 것, 지드적인 것, 도스토옙스키적인 것, 심지어는 괴테적인 것, 톨스토이적인 것까지도 완강히 거부하며 '발자크'의 웅대하고 치밀한 티끌 하나도 용서하지 않는 가혹한 묘사 정신에 젊은 정열을 의탁할 만한 절호의 시기에 당도한 것이다.

역사의 필연성을 폭로하는 것은 문학의 사명이다. 그렇다면 문학 정신이 작가적 주관을 완전히 버리지는 않을까? 사색을 완전히 잃어버리지는 않을까? 나아가 자기 성찰을 그대로 망각해 버리지는 않을까? - 이러한 거개(擧皆, 거의 대부분. '거의'로 순화)의 외구(畏懼, 무서워하고 두려워함)는 이제 필요 없다. 왜냐하면 '발자크적인 것'은 고발정신의 위에 서 있기 때문이다. 따라서 그것은 크건 작건 '모럴'을 거쳐 왔고, 자기 고발의 과정을 끝마쳤다.

사색은 준비되었다. 그러므로 이제 그것을 관찰하지 않으면 안 된다. 이에 대해 발자크는 1842년《인간희곡》에서 이렇게 말한 바 있다.

"저 무미건조한 역사라고 불리는 사실의 기록을 읽는 이는 누구나 필자의 실념(失念, 잊음 또는 망각)이 각각의 시대, 애급(埃及, 이집트의 음역)과 파사(波斯, 페르시아. 지금의 이란), 희랍(그리스), 라마(羅馬, 로마)의 풍속사를 우리에게 주지 못한 것을 꾸짖지 않을 수 없을 것이다. 근사한 패트로누 로마인의 사생활 기록은 사람을 초조하게만 할 뿐 호기벽(好奇癖, 신기한 것을 좋아하는 버릇. 호기심)에도 불만을 줄 이상의 것이다."

"프랑스 사회가 역사가가 되고, 나 자신이 그의 비서로서 근무하는 것으로 충분하였다. 악덕과 선행과의 조사서를 쓰고, 주요한 열정 사실을 수집하고, 성격을 그리고, 사회의 주요 사건을 선택하고, 유형을 동종 성격과 관련되는 특성의 규합으로 구성하고, 그리하여 나는 허다한 역사가가 망실(亡失, 잃어버려 없어짐)한 풍속의 역사 편(篇, 책)을 짤 수 있었던 것이었다. 많은 견인(堅忍, 굳게 참고 견딤)과 용기를 갖고, 나는 드디어 19세기 프랑스를 중심으로 한 한 권의 책을 완성할 수 있을 것이다."

자정에 일어나 열여섯 시간 동안 글을 쓴 후 다시 다섯 시간 동안 눈을 붙였다가 백웅(白熊, 흰곰)처럼 벌떡 일어나서 '도박자'처럼 다시 열여덟 시간의 집필. 무녀와 같은 쿠렁쿠렁한 셔츠에 새끼를 동여매고 하루에 사오십 배(杯)의 가배(커피)를 마시면서 오십 년의 짧은 생애 동안 그는 백여 권의 소설을 완성하였다. 그의 빈약한 서재의 한 귀퉁이에 세워 놓은 내파륜(奈巴崙, 나폴레옹의 음역)의 조상(彫像, 돌이나 나무 따위를 파서 사람이나 동물을 새긴 형상)에는 스스로 다음과 같은 글귀를 장검 위에 새겼었다고 19세기 문학사조의 저자는 우리에게 전하고 있다.

"나파륜(나폴레옹)이 검을 가지고 이루지 못한 것을 나는 붓을 가지고 이룰 것이다."

- 1939년 5월 7일 《동아일보》

작가의 생활

김남천

─ 직업적 조직을 가져야 한다

'작가로서 밥 먹는 기(記)'를 쓰려고 한다. 하지만 된장에 장아찌나 먹는 것으로 어엿하니 밥을 먹노라고 말할 수 있을지 모르겠다. 하기야 그것조차 먹지 못하는 이가 많고, 끼니를 거르는 사람이 수두룩한 세상이다 보니, 이야기책이나 짓고 앉아있는 놈들이 된장에 장아찌면 그만이지, 그 이상 무슨 잔소리냐며, 그런 것일랑 아예 염(念, 뭘 하려고 하는 생각이나 마음)도 내지 말라고 할 이도 있을지 모르겠다.

사람이 어느 정도까지 영양을 섭취해야만 정신이나 육체를 온전한 상태로 보전할 수 있을까. 아마 사람이나 체질에 따라 각각 다를 것이다. 가령, 돈 많고 귀인(貴人, 사회적 지위가 높고 귀한 사람)으로 태어난 이는 하루라도 고기나 우유를 먹지 못하면 곧 약 떨어진 아편 중독자처럼 펄펄 뛰고 야단이 나겠지만, 가난뱅이는 고구마나 감자알이 떨어질까 봐

글
쓰는 것이 아니다
짓 는 것 이 다

마음 졸이기 일쑤일 것이다.

무엇이든지 최저한도(最低限度, 가장 낮은 한도)와 최소한도(最小限度, 일정한 조건에서 더 이상 줄이기 어려운 가장 작은 한도)라는 게 있는 법이다. 이에 작가라면, 작가가 계속해서 정신적 노동을 할 수 있을 정도의 생활은 사회에서 보장해줘야 하지 않겠느냐는 것이 시비 문제(是非問題, 옳고 그름을 따지는 일)가 될 수 있다.

본시(本是, 본디) 문학을 한다고 뜻을 세우던 소년 시절에 일생을 청빈(淸貧, 청백하여 가난함)하게 살 각오는 누구나 다 했을 것이다. 그러나 그때는 가난이 무엇인지 알지도 못했을 뿐더러 생활이 어떤 것인지도 잘 몰랐다. 하지만 결혼을 하고, 아이가 생기고, 아이가 학교에 가게 되면 한 집안을 책임져야 한다. 아침저녁 끼니, 아이 교육비, 가을이면 신탄(薪炭, 땔나무와 숯)과 김장 걱정, 의복 걱정 — 이런 것을 자나 깨나 생각해야 하는 것이다.

어느 잡지에서 유행 가수(流行 歌手, 유행가를 부르는 것을 업으로 하는 사람) 아가씨들의 수기를 읽어보니, 수입이 한 달에 2, 3백 원은 된다고 한다. 하지만 어떤 대가(大家, 거장. 전문 분야에 조예가 깊은 사람)라고 할지라도, 우리 작가 중에는 그런 보수를 받는 이가 절반도 안 된다. 영화 시나리오 작가가 출연 여배우의 10분지 1의 보수도 받지 못하는 것이 세계적인 현상이니, 이제 와서 새삼스레 그 모순을 지껄인들 낡은 수작에 불과할 뿐이다.

문제는 우리 작가들이 큰 회사의 중역이나 유행 가수처럼 사치스러운 생활이나 호화롭고 안일한 생활을 희망하거나 요구하는 것이 아니라는 것이다. 적어도 작가 생활을 계속해서 영위할 수 있도록 정신적으로나 물질적으로 최저한도의 양식은 보장해줘야 한다는 것이다. 나아가 그것쯤은 어엿하니 요구할 수 있다고 생각한다.

중견 작가로서 1년에 6, 7백 원을 벌려면 상당한 노동을 치러야 한다. 만일 신문에 연재소설을 쓴다면 비교적 쉬울 수도 있다. 하지만 그렇지 못한 경우에는 이런저런 잡문(雜文)을 다 써야만 그 정도 될까 말까 한다.

좀 창피한 일이긴 하지만 하나하나 계산해보자. 장편소설 하나를 신문에 연재한다고 할 경우, 150회로 잡고, 1회에 2원 또는 3원을 고료로 받으니 2원으로 치면 3백 원, 3원으로 치면 4백 5십 원이다. 여기에 단편 5편을 썼다 치고 4백 자 원고지 1매에 50전을 쳐서 1편에 20원을 잡으면 도합 백 원이다. 이밖에도 각종 논문이나 감상문·수필·기행문 등 갖은 글을 써야만 겨우 총수입 6, 7백 원이 될 수 있다.

그러나 신문연재나 잡지연재의 기회가 매년 오는 것도 아니고, 일 년에 몇 차례씩 오는 것은 더더욱 아니다. 그러므로 일 년에 단편 10편을 쓸 경우, 수입이 2백 원이나 2백 5십 원에 지나지 않는다. 여기에 창작집이나 단행본을 출간할 경우, 그 인세를 약 백 원으로 잡아도 3, 4백 원이 될까 말까 한다. 시골 면서기의 봉급보다도 못한 것이다. 그리고 사실인즉, 일 년에 단편 10편을 쓰는 작가란 매우 드물다. 한 달에 창작 1편을 쓰는 작가에게 그 이상의 작품을 요구하는 것은 무리다. 그 이상 무리하게 되면 부득이 태작(駄作, 졸작과 같은 말)이 나올 것이 뻔하기 때문이다. 그러므로 그 기준을 단편 10편으로 쳐서 고료가 적어도 천 원은 되어야만 이럭저럭 담배 값이나 하고, 잘 절약할 경우 커피 잔이나 얻어먹으면서 최저한도의 생활을 영위할 수 있다. 하지만 가족이 많던가, 학교에 다니는 아이가 있다면 여름에 간복(間服, 여름과 가을 사이에 입는 옷), 늦은 가을에 맥고자(麥藁子, 밀짚모자), 옆구리 터진 구두를 면하기 어려울 것이며, 그달 월간 잡지를 사 읽기도 곤란할 것이다.

결국, 낮을 밤으로 바꾸어 제아무리 허덕인들 한 달 총수입 5, 6백 원을 넘을 수 없다. 그러니 신문기자나 잡지기자 그밖에 다른 부업(사실은 본업)을 갖는 것도 무리가 아니다.

이런 상황에서 도대체 어떤 정신적 활동을 영위할 수 있겠는가? 나아가 이런 생활 속에서 어떻게 정신과 육체가 정상을 보전할 수 있겠는가?

그렇다면 어떻게 하면 이 문제를 해결할 수 있을까. 사회가 이를 해결할 만한 문화적 아량을 베풀지 않는 이상, 우리에게 원고료와 인세를 지급하는 출판기관이 문제 해결에 앞장서야 할 것이다.

다행히 요즘 독서인구의 증가와 함께 전집 출간이 활발해져 출판사들이 적지 않은 이윤을 내고 있다. 하지만 그들의 작가나 비평가에 대한 대우는 오히려 점점 더 야박해지고 있다. 그러니 이들을 깨우치려면 개인적인 호소나 교섭만으로는 안 된다.

작가들 역시 직업적인 조직을 가질 필요가 있다. 문화적 성질이나 문학적, 정책적 의의를 떠나 최저한도의 생활이나마 보장받기 위해, 생활권의 옹호를 목표로 하는 직업적 조직을 만들어야 하는 것이다. 그리고 이를 통해 우리의 요구를 조직화한 후 사회와 출판기업에 조처(措處, 일을 정돈하여 처리함)해야 한다.

과거 문예가협회가 이와 같은 시도를 몇 차례 한 적이 있지만 모두 실패하고 말았다. 여기에는 몇 가지 원인이 있었다. 하지만 지금과 같은 사회적 환경에서는 우리의 생활을 옹호하고 확립하는 것이야말로 어떤 역사적인 일보다도 더 중요하다. 그러므로 결코 이를 망각하거나 다른 사람의 일처럼 생각해서는 안 된다. 이에 〈작가로서 밥 먹는 기(記)〉에 관한 글을 쓰다가 결국 작가의 직업적 조직이 필요하다는 데까지 이르지 않을 수 없게 되었다. 제현(諸賢, 여러분)의 삼사(三思, 여러 차례)를 촉(促, 촉구함)하는 바이다.

- 1938년 12월 《청색지》

글
쓰는 것이 아니다
짓 는 것 이 다

작가의 정조

김남천

― 비평가의 생리(生理, 생활하는 습성이나 본능)에 대하여

 티보데(Albert Thibaudet, 평생토록 프랑스 문학을 강의한 프랑스의 문예평론가)처럼 비평의 기능과 형태를 자연 발생적 비평 · 직업적 비평 · 예술가비평 등으로 나누어서 생각하는 수준 높은 취미는 본디 내게 없다. 이에 티보데의 이른바 예술가 비평, 다시 말하면 작가 비평을 표방해 전문적인 비평가의 생리나 윤리에 관해서 알아보고자 이 글을 쓴 것은 아니다.

 언젠가 여럿이 모여서 잡담하는 자리에서 박태원(소설가. 대표작으로《소설가 구보 씨의 1일》이 있음) 군이 "작가란 본시 악덕가!"란 말을 하던 중 "남천은 이중 악덕가!"란 말을 했고, 이에 누군가가 "검술로 이를테면 이도류(二刀流, 양손에 칼을 쥐고 싸우는 검술의 유파)"라고 말한 바 있다. 여기서 끝냈으면 좋았을 것이다. 그런데, 박 군이 다시 "남천은 남의 작품을 지적할 때면 비평가의 입장, 제 작품 욕한 놈을 반격할 땐 작가의 입장"이라며 덧붙여 설명했다. 그 결과, 나는 이중 악덕가요, 이 도류임이 명백해지고 말았다. 이에 나도 웃었고, 그 자리에 있던 사람들 역시 모두 웃고 말았다.

과연, 그 사람들 중 아직도 그 일을 기억하는 사람이 있을까. 생각건대, 대부분은 그 일을 잊어버렸을 것이다.

비평에 붓을 들지 않을 뿐만 아니라 제 작품을 좋지 않게 봐도, (속으로는 어찌 생각하는지 모르지만) 글로 써서 반박하거나 논쟁을 제기하지 않는 작가와 시인이 우리 문단에 적지 않다. 은연중에 하나의 미덕이나 풍속이 된 듯하다.

정지용(시인. 〈향수〉의 작가) 군은 스스로 토론이나 시평을 쓰지 않는 것을 하나의 자랑으로 삼고 있다. 또 무슨 생각인지 몰라도, 월평(月評, 신문·잡지 따위에서 다달이 하는 비평)도 잘하고 소설에 관해서 수많은 비평을 쓰는 임화(시인·평론가) 군 역시 시론이나 시평에는 좀처럼 붓을 들지 않는다. 또 최재서(소설가·평론가) 군은 흥미 없는 작가나 작품에 관해서 이야기하는 것을 무척 꺼린다. 악평을 해서 작가들에게 미움(?) 살 것을 싫어하기 때문이라면 지나치게 피상적(본질적인 현상은 추구하지 아니하고 겉으로 드러나 보이는 현상에만 관계하는)인 말일 테고, 결국 취미나 기호로 보는 것이 온당할 것이다. 어쨌거나 최 군은 월평에는 손을 대지 않는다. 그리고 소설보다는 시에 관해서 이야기하길 즐긴다.

하지만, 과연 이런 걸 성격이나 취미 탓으로만 돌릴 수 있을까. 나는 그렇게 생각하지 않는다. 그렇다면 정지용, 이태준(소설가) 및 많은 작가들이 비평이나 평론에 손을 대지 않는 이유라든가, 임화 군이 시론과 시평에 손을 대지 않는 까닭, 최재서 군이 월평에 손을 대지 않는 이유는 과연 무엇 때문일까.

그들로부터 자세히 이야기를 들어봐야 알겠지만, 우선 내 이야기를 하자면, 내가 남의 작품에 관해서 악평하고, 또 내 작품에 관해서 주장이나 고백을 나름 되풀이하는 데는 일정한 지론(持論, 늘 가지고 있거나 전부터 주장하여 온 생각이나 이론)이 있기 때문이다.

지론이라고 하고 보니 뭔가 의미심장해 보이지만 사실 별것 아니다.

창작 논쟁에 작가의 참여가 어느 정도 필요하다고 생각하기 때문이다. 더불어 작가라면 모름지기 문화사상 전반에 대해 충분한 관심과 적극적인 태도를 보여야 할 뿐만 아니라 비평가 못지않게 날카로운 비판과 분석정신을 갖고 있어야 한다고 생각하기 때문이다.

일정한 주장이나 신념, 명확한 모럴의 탐색 없이, 지금과 같은 세상에서 어떻게 작가가 창작에 종사할 수 있을 것인가. 또한, 그 주장과 모럴, 이념이 정당하다고 해서 그 작품의 형상화의 방향 역시 반드시 옳다고 누가 보장할 수 있을 것인가. 더욱이 문화 예술이 원칙을 잃어버린 정신적 위기의 시대에 그것을 탐색한다는 평론이나 사색이 광고처럼 추상의 허공에서만 떠돌고 좀처럼 현실 ― 문학적 현실 위에 발을 붙이려고 하지 않을 때 작가라면 결코 이를 방관해선 안 된다.

바야흐로 문단이 침체했다느니, 작가의 업적이 보잘것없다느니 하는 소리가 횡행하는 시대다. 하지만 평론가란 사람들이 쓴 글치고 과연 제대로 된 글이 있는가? 뛰어난 업적이라고 내세울 만한 글이 있는가 말이다. 그런 사람들의 글일수록 다른 이의 글을 고스란히 옮겨온 경우가 많다. 아울러 일정한 문학사적 지식이나 문학적 현상에 관해서는 단 한 줄의 분석도 제대로 내리지 못한다. 그러므로 그들에게 문학의 분석과 판단, 탐색을 온전히 맡길 수 없다. 그 때문에 작가의 적극적인 참여가 필요하다.

　그렇다고 해서 티보데처럼 비평이나 주장, 고백을 중요시하라는 말은 아니다. 창작의 비밀과 제작상의 의도 및 체험의 관한 고백을 갖고 창작 논쟁에 참여, 비평가와 협력하는 것만으로도 충분하다. 나아가 비평가와 평론가에 대해 일정한 윤리를 요구하고, 이를 통해 문화 예술의 원리를 확립시킬 필요가 있다. 이것이 바로 나의 지론이다.

　우리 문학적 현실에 대해서 투철한 분석을 하지 못하는 비평은 실격당하는 날이 머잖아 올 것이다. 그리고 이를 통해 작가와 시인은 제대로 된 비평을 받게 될 것이다.

- 1939년 1월 《조선문학》

* 정조(貞操) - 지조. 또는 곧은 절개

작품의 제작과정

김남천

    하나의 장편소설이 완성되기까지의 순서를 토대로 제작과정 전체를 공개하라는 것이 이글의 요지다. 그런데 실상, 나는 아직 장편 제작 경험이 그리 많지 않다. 아니, 솔직히 말하자면, 단 한 번밖에 경험하지 못했다. 올 정월에 전작(前作, 지난번에 쓴 작품) 채로 상재(上梓, 책 따위를 출판하기 위하여 인쇄에 부침) 된《대하》제1부가 바로 그것이다. 하지만 이 역시 내일 당장 어떻게 될지 모를 뿐더러, 지금 계획하고 있는 거대한 소설의 실마리에 불과하다. 그러니 일이 중도에 이르기도 전에 제작 노트부터 발표한다는 게 여간 거북스럽고 민망하지 않다.

    나는 항상 다른 사람들은 어떤 준비와 과정을 거쳐 작품을 출간하는지 매우 궁금했다. 그래서 나의 제작과정을 먼저 공개하여 뜻이 같은 이들로부터 조언을 얻는 것이 좋겠다는 생각을 일찍부터 해왔다. 이에 이번 기회에 부끄러움을 무릅쓰고《대하》의 집필일기를 공개하기로 했다.

작품을 쓸 때 나는 가장 먼저 주제를 생각하는 편이다. 이에 제재나 소재가 손에 잡히더라도 주제가 뚜렷이 서지 않으면 좀처럼 작품에 손을 대지 않는다. 어설프게 손을 대었다가는 오히려 작품을 망칠 수도 있기 때문이다. '모델소설(독자가 소설에 등장하는 인물과 사건에서 실제 인물이나 사건 등을 알아차릴 수 있도록 집필한 장편소설. 실화소설이라고도 함)'일수록 더욱 그런 경향이 짙다. 주제를 뚜렷하게 세우지 않은 채 작품을 구성할 경우 그것에 끌려 다닐 수 있기 때문이다.

톨스토이가 〈모파상론〉에서 말했다시피, 진정한 예술작품에는 다음 세 가지 요소가 필요하다.

1. 저자의 소재에 대한 정당한 관계, 즉 도덕적 관계
2. 명석(明晳). 즉, 분명하고 확실한 표현
3. 성실. 즉, 묘사되는 제재에 대한 사랑이나 미움에 대한 거짓 없는 감정

이 중 첫 번째 요소에 대해 톨스토이는 모파상의 작품을 예로 들며 다음과 같이 말한 바 있다.

"모든 예술작품을 하나로 결합하고 그것으로부터 박진적(迫眞的, 진실에 가까움) 일루전(illusion, 환상 또는 환각) 효과를 발생하게 하는 것은 인물이나 장소의 통일이 아닌 제재에 대한 저자의 독립된 도덕적 관계이다."

여기서 중요한 것은 제자와 저자와의 관계다. 이는 주제의 확립을 말

하는 것이기 때문이다.

주제와 불가분의 시간적 연관 아래서 가장 먼저 떠오르는 것은 당연히 구성이다. 이는 작가의 구상력이라고 하는 이상이나 인식의 정도, 또는 현실 파악과 현실 요리의 능력, 기타 일체에 의해 제약되는 것으로, 이것만 보면 작가가 어느 정도의 능력과 안식(眼識, 사물의 좋고 나쁨이나 가치의 높고 낮음을 구별할 수 있는 안목과 식견)을 갖고 있으며, 동시에 그의 세계관 및 문학적 입장 등이 어떤지에 대해서도 쉽게 알 수 있다.

그렇다면 작가가 가장 먼저 해야 할 일은 과연 무엇일까.

인물과 성격 설정, 전형 창조에의 노력 등이다. 그 후 플롯 정리와 창조가 필요하다. 인물 설정에서 당연히 따르는 것이 바로 환경의 창조다. 이것이 대충 세워지면, 방계인물 그리고 플롯에 들어가서 삽화(에피소드)와 상황(발단, 클라이맥스, 대단원 등), 서술의 순서 등을 생각하게 되고, 끝으로 장면을 만들고 서경(敍景, 작품 속의 배경) 등을 고려하여 빈틈없는 구성에 착수하게 된다. 즉, 장면과 인물을 토대로 편지 형식으로 한다든지, 설화체로 한다든지, 보고 형식으로 한다든지 구성하는 것이다. 그리고 비로소 종이 위에 작품을 쓰기 시작한다.

하지만 작품이 절반이 넘어가게 되면 처음 구성이 적지 않게 뒤틀리는 경우가 적지 않다. 완전히 다른 작품이 된다면 큰일이지만 아무래도 다소간의 동요는 면치 못한다. 이는 구성이 세밀하지 못한 탓도 있지만, 작품을 써 가면서 예술적 감흥이 통일되고 앙양된 나머지 간혹 신통한 묘법이 발휘되기 때문이다. 따라서 결코 비관할 일은 아니다.

이와 같은 순서에 의해, 나는 장편《대하》를 제작하였다.

《대하》의 제재와 작가적 태도는 지난해 발표한〈현대 조선소설의 이념〉과〈풍속과 세태〉등에 기반을 두고 있다. 일련의 장편소설 개조론에서 누차 말해온 '풍속을 들고 가족사로 들어가되, 그 가운데 연대기를 현현(顯現, 명백하게 나타나거나 나타냄) 시켜보자'는 것이 바로 그것이다.

《대하》는 30년 전부터 현대까지, 평안도 어느 고을 신흥 부호의 가족사에 관해서 다루고 있다. 그렇다면 나는 왜 이 작품을 쓰게 되었을까. 나아가 어떤 마음으로 이 작품을 쓰게 되었을까.

그 취지의 기본 거점은 전기(前記, 앞부분에 기록함) 논문에서 대략 천명한 바 있다.

이러한 생각으로 지난해 5월 중순 시골로 내려간 후, 나는 약 일 개월 동안 서적과 전해 내려오는 이야기를 토대로 자료를 수집했다. 그리고 6월 13일 비로소 집필을 시작하기에 이르렀다.

소득이 있었건 없었건 간에, 그즈음《대하》를 쓰기 위해 읽어본 책자는 다음과 같다. 하지만 서적을 구할 길이 없어 그 수량은 지극히 빈약하기 그지 없었다.

인정식 저,《조선 농촌기구 분석》

이청원 저,《조선 역사 독본》

백남운 저,《조선 사회 경제사》

글
쓰는 것이 아니다
짓 는 것 이 다

그리고 《조선 독본》과 《성천읍지》두 권

　이밖에 풍속 · 세태 · 생활감정 · 당시의 교육상황 · 상품 · 종교 등에 관해서는 나이 많으신 분들을 일일이 직접 찾아뵙고 주석(酒席, 술자리) 혹은 좌담 등을 통해 얻어들은 말을 기초로 했다. 특히 당시 유행하던 삼십육계(노름의 한 종류)를 조사하기 위해 일주일 동안 동네 건달패를 쫓아다니기도 했다. 나아가 이를 통해 가능한 한 시대와 역사에 관해 정확히 파악하고자 했다. 그리고 그렇게 얻은 시대정신을 토대로, 당대의 역사적 특성으로부터 유출된 성격과 환경, 사건을 중심으로 이야기를 구성했다.

　전 가족의 연령과 출생지, 기타 표를 꾸미는 데만 꼬박 하루가 걸렸다. 그 결과, 근본 없는 신흥 부호인 지주 겸 고리대금업자인 40세 가장 박성권을 중심으로, 전통의 파괴자이자 가족 계보를 깨뜨리는 이단아로 박성권의 3남 겸 서자인 19세 박형걸을 주인공으로 내세웠다. 여기에 장남, 차남, 사남, 큰며느리, 작은며느리 역시 각각 버라이어티한 인물로 묘사했다. 또한, 연애 사건을 주요 사건으로 하되, 그 상대를 비복(婢僕, 계집종과 사내종)과 기류(妓流, 기생)로 잡았다.

　이런 순서로 작품을 구성하였다. 하지만 지면 관계로 이번에는 여기서 이만 끝내고자 한다. 생각건대, 전 작품이 완성되면 다시 한 번 정리할 날이 있을 것이다.

- 1939년 《조광》 6월호 〈나의 창작 노트〉 특집

창작 여묵

김남천

    톨스토이였는지, 누구인지 자세히 기억이 나지는 않지만, 소설가는 요리법까지 자세히 알아야 한다고 말한 이가 있다. 보통 사람인들 요리법을 알아서 안 될 이유야 없겠지만, 소설가가 부녀자나 요리사에게나 필요한 요리 지식을 갖춰야 한다는 말은 매우 흥미 있는 말이 아닐 수 없다.

    제법 소설을 끼적거려 본 사람이라면 누구나 경험했겠지만, 어떤 지식이건 그 윤곽이나 일부분만 어렴풋이 알아서는 도저히 붓을 댈 수 없다. 사소한 부분까지 알아두지 않으면 단 한 줄의 묘사도 제대로 할 수 없기 때문이다. 이는 요리법이 아닌 다른 것에 있어서도 마찬가지다. 세태 혹은 풍속과 함께 당대 사회의 세계사적 이념까지 자세히 알지 않고는 어떤 인물이나 사건도 자세히 묘사할 수 없다. 또 안다고 해서 전부를 그릴 수 있는 것도 아니요, 아는 것을 그대로 고스란히 기록화 할 수 있는 것도

글_____
쓰는 것이 아니다
짓 는 것 이 다

아니다.

이를 위해 우리 문화는 이미 체계를 갖춘 과학을 갖고 있다. 이에 이 과학적 지식을 주체화하여 문학적인 본보기로 만드는 일이 필요한데 이를 위한 불가결의 조건으로서 위에서 말한 지식이나 체험이 필요하다.

각 분야 전문가의 도움을 얻으면 되지 않느냐고?

딴에는 맞는 말이다. 하지만 문학에 있어 과학자 및 철학자, 역사학자, 경제학자와의 협력 및 도움을 받는 것은 불가능에 가깝다. 이에 30년 전의 상황을 알기 위해서는 스스로 역사학자나 사회학자와 똑같은 길을 밟지 않으면 안 된다.

일본의 비평가 하야시 후사오(林房雄)가 《청년》을 쓰기 위해, 후지모리 세이키치(藤森成吉)가 《도변화산》을 쓰기 위해 참고한 서적만 해도 수백 권이 넘는다고 한다. 하지만 그것뿐. 이미 서점에는 그들이 쓰려고 했던 인물을 다룬 책이 수십, 수백 권이 나와 있었다. 그러니 서점에서 책을 사다가 읽으면 그만이었다.

하지만 우리 팔봉(八峰, 소설가 김기진의 필명)이 《청년 김옥균》을 쓸 때 참고한 자료는 일기 몇 개와 사소한 자료 몇 가지가 전부였다. 그러니 그 자신이 역사학자가 되어 김옥균에 관한 자료를 구하고 파헤쳐야만 했다. 이는 지금도 마찬가지다. 현상이 아닌 본질을 알기 위해서는 부득이 과학자의 도움을 받아야 하지만 어디를 둘러봐도 도움을 받을 만한 사람이 없는 게 현실이다.

서로 사용하는 언어 역시 다르다. 과학자에게는 과학자의 언어가 있고, 소설가에게는 소설가의 언어가 있기 때문이다.

실례로, 우리는 현재 4, 5개의 철자법을 알아야만 제대로 된 소설 하나를 발표할 수 있다. '한글'식, '정음'식, 거기에다 《동아일보》에 글을 연재할 때는 '동아'식, 《조선일보》에 쓸 땐 '조선'식, 비판지에 쓸 땐 '비판'식……

글을 쓸 때마다 그것을 생각하며, 거르고, 가리고 해야만 한다. 그러니 이런 고충이 또 어디 있겠는가.

또 하나 느끼는 것은 성격 창조의 문제 같은 것이다. 예를 들면, 토마스 만(독일의 소설가·평론가)의 《부덴브로크가의 사람들》이나 로제 마르탱 뒤 가르(프랑스의 소설가·극작가)의 《티보네 사람들》을 보면 등장인물의 성격이 처음부터 매우 뚜렷하고 인상적이다. 특히 《티보네 사람들》의 경우에는 지나치다 싶을 정도로 등장인물들의 캐릭터가 선명하다. 하지만 우리 작가들이 쓴 것은 어떤 것을 읽어도 그것이 불분명하고, 부자연스럽고, 관념적이며, 기계적이다. 그 이유는 과연 뭘까.

우리 작가들의 역량 부족을 변명하거나 덮고 싶진 않다. 하지만 우리나라 사람의 개성이 발달하지 못하고, 개인주의가 발달하지 못한 것에도 그 원인이 있다고 생각한다. 소설이란 개성의 발달과 보조를 함께 하는 것이기 때문이다. 그런데 동양 사상을 중시한 우리나라에서는 개성을 터부시했다. 그러니 당연히 발달할 수 없었고, 작가들 역시 주인공의 성격 창조에 있어 어려움을 겪어야만 했다.

이것이 창작 여묵(餘墨, 글을 다 쓰거나 그림을 다 그리고 아직 남아 있는 먹물)이라는 제목을 가지고 고충 몇 마디를 적어본 소이(所以, 일의 원인이나 이유)다.

－1939년 2월 2일 《동아일보》

일찍이 나는 작가를 산(山)에 비겨 보았다. 산이 높으면

높을수록 시야가 넓어질 뿐만 아니라 예술 역시 큰 분수

령(分水嶺, 어떤 사물이 발전하는 데 있어서의 전환점을

비유하여 일컫는 말)이 되기 때문이다. 하지만 오늘의 기

성작가들 중에서는 뛰어난 집을 짓는 사람은 물론 높고

험준한 산 역시 없음이 슬프기 그지없다. 이를 관상가가

보면 등제(登梯, 출세)할 상(相, 얼굴)이 없다고 할 것이

며, 의사가 보면 심장이 약하다고 할 것이다.

잠자는 목공
_ 허 민 _

 친구 ○○가 "작가라니, 집 짓는 것이지요?" 라고 해서 웃은 일이 있다. 하지만 생각해보면 그리 웃을 일도 아니다. 과연, 집 짓는 사람이 틀림없기 때문이다.

 일찍이 나는 작가를 산(山)에 비겨 보았다. 산이 높으면 높을수록 시야가 넓어질 뿐만 아니라 예술 역시 큰 분수령(分水嶺, 어떤 사물이 발전하는 데 있어서의 전환점을 비유하여 일컫는 말)이 되기 때문이다. 하지만 오늘의 기성작가들 중에서는 뛰어난 집을 짓는 사람은 물론 높고 험준한 산 역시 없음이 슬프기 그지없다. 이를 관상가가 보면 등제(登梯, 출세)할 상(相, 얼굴)이 없다고 할 것이며, 의사가 보면 심장이 약하다고 할 것이다.

 부자(富者)가 되려면 액땜을 해야 하고, 심장이 약하면 약을 먹고 적당히 운동을 해야 한다. 그러나 그럴 처지가 안 된다. 그중에도 휴머니즘

류(流)의 유심론(唯心論, 세계의 본체는 정신적이라고 하는 입장)의 토대 위에 선 작가들이 훨씬 더 많은 듯하다. 이는 오늘날 물질문명이 발전하다 보니 예술의 항구성과 인간의 영원성을 부르짖게 하여 마침내 지장보살이 되려는 데서 벗어나지 않는 까닭이다.

그들 중에는 계급과 투쟁을 부정하려는 사람도 있으며, 예술이란 원래 마음의 표현이니 물건은 그 앞에서 굴복하지 않으면 안 된다고 하는 사람도 있다. 하지만 이는 어디까지나 잠꼬대에 불과하다. 작가야 말로 가장 격화(激化, 격렬함)한 경제가이자 정치가이기 때문이다. 생활의 전면적 파악은 어느 시대나 필요한 것이니 옳은 경제, 옳은 정치는 물론 그 사회의 살림을 빛나게 한다. 그러나 그런 살림을 살아야 하는 작가가 요즘 바람이 들어 좌충우돌을 거듭하고 있으니, 이래서야 집안이 잘될 리 없다.

누구는 이상, 박태원, 김유정, 안회남 제씨(諸氏, 누구누구라고 열거한 성명 또는 직업과 관련된 명사 아래 붙여 '여러분'의 뜻으로 쓰는 말)를 받들고, 춘원(春園, 이광수), 춘해(春海, 방인근), 상섭(想渉, 염상섭) 등 제씨에 발맞추고, 윤백남, 김동인 야담(野談)에 장단을 치니 쌍나팔, 피리, 가야금, 피아노, 수풍금(手風琴, 아코디언) 등이 어울려 닐리리 삐삐하니 정말 호화스럽긴 하다. 하지만 이런 때야말로 '냉정함'이 필요하다. 기둥이 없으면 봇장(들보)이 없는 것이니, 정당한 문학의 길이 서지 않고서야 어디 참된 것이 있다 할 수 있을까?

살림을 잘하려면 힘에 부친다는 말은 옳다. 하지만 가난뱅이 부자라는 것은 어찌 된 까닭인가? 활동이 부족하지 않는가? 여름날 캄캄한 소나기에도 탁 치는 번개가 있는 것을 알지 않는가? 더욱이 기성작가들이 보여주는 우울함은 애달프기 그지없다.

그렇다고 해서 그들에게 힘과 재질이 없는 것은 아니다. 비록 엉덩이가 처질지언정 눈매는 칼날과도 같다.

내 말이 애송이 호박 같다며 비웃을지도 모른다. 하지만 그에 앞서 이렇게 생각할 수는 없을까?

그가 앉은 자리와 그 뒤를 따르는 애송이 작가 — 또 그 대(代)를 이을 이들을 살피건대, 거기에 전혀 깨달음이 없진 않을 것이다. 다시 말해 건전한 작품을 내세우란 말이다. 만일 지금의 그들을 가리켜 잠자는 목공이라고 한다면 우리는 실로 그것에 믿음과 희망을 품을 것이다. 한잠 자고 난 뒤의 목공은 대패질과 끌질, 먹줄 놓기가 훤칠해질 것이 뻔하니…….

-1937년 4월

정말 좋은 수필은 시시하고 지루한 일상의 사소사(些少事, 아주 작은 일)를 사상의 높이까지 고양하고, 거목(巨木, 아주 굵고 큰 나무)의 잎사귀 하나하나가 강하고 신선한 생명을 간직하듯, 일상사가 작가가 가진 높은 사상과 순량한(순하고 선량한) 모럴리티의 충만한 표현으로서의 가치를 품고 있어야 한다.

즉, 수필은 좋은 생각만으로 써지는 것이 절대 아니다. 명철한 관찰안(觀察眼, 사물을 바라보는 눈)이 있어야만 한다. 여기에 좋은 사상 역시 필요하다.

수필론

_임　화_

　몇 해 전 어느 문예 잡지 좌담회에서 수필에 관한 이야기를 나눈 적이
있다. 비록 자세히 기억할 수는 없지만, 그날 이야기의 초점은 아마 수필
역시 다른 문학, 이를테면 시나 소설처럼 하나의 독립된 '장르'로 취급해
야 한다는 것이었다. 이런 논의를 하게 된 것은 수필을 쓰는 사람들이 점
점 많아짐에 따라 어느 정도 이를 논할 필요가 있었기 때문이다.

　그런데 당시로부터 벌써 5, 6년의 세월이 흘렀고, 이즈음에 와서 잡지
는 물론 신문에까지 수필이 여간 많이 실리고 있는 게 아니다. 그뿐만 아
니라 그때에 비하면 그 성질 역시 꽤 변했고, 노산(鷺山, 시조작가이자 사
학인 이은상의 호) 같은 이는 단행본 ─ 만일 기행문도 수필에 포함한
다면 ─ 까지 서너 편 출간한 바 있다. 그러나 이런 현상만을 갖고 수필이
새로운 지보(地步, 자기가 처하여 있는 지위 · 입장 · 위치 따위를 통틀
어 이르는 말)를 요구할 만큼 성장했다든가, 수필을 논하는 게 이미 불가

결의 과제가 된 것은 아니다.

그렇다면, 수필이란 과연 무엇을 말하는 걸까.

'곧 이것이다'라고 즉석에서 집어 보일만 한 뭔가를 갖고 있지 못한 것이 수필의 가장 큰 특징이 아닌가 한다. 또 항용(恒用, 흔히 늘) 일기체의 문장이나 서한체의 글, 또는 기행, 하다못해 제목이 없는 단편까지도 모두 수필이라고 부를 수 있다. 그리고 그런 문장들을 통틀어서 볼 수 있는 공통된 특징이 있는데, 이는 어떤 특정한 '장르'로서의 '스타일'의 규범을 받지 않고, 혹은 완성을 목적으로 하지 않고 비교적 자유롭게 제 생각이나 사물에 관한 이야기를 기술한다는 것이다. 그러면서도 논문이나 일반 저술과는 달리, 어딘지 모르게 문학적인 성격을 갖추고 있다. 따라서 '장르'로서의 문학과 논문, 저술의 중간에 수필이 자리하고 있다고 할 수 있다.

여기서 말하는 논문이나 저술은 과학적인 개념의 구사나 논리적 조작에 의한 분석 및 종합 혹은 부단한 체계화에 의한 노력으로 이루어진 글을 말한다. 하지만 수필은 분석이나 체계화의 의도와 관계없이 수시(隨時, 일정하게 정하여 놓은 때 없이 그때그때 상황에 따름), 수처(隨處, 장소에 상관없이 어디에서나)에서 쓰는 것으로 그 '스타일'에 있어서도 논리적 조작의 기술을 필요로 하지 않는다. 또한, 소설이나 시, 희곡 등의 소위 '장르'로서의 문학처럼 (등장인물의) 성격이나 사건, 줄거리 및 그들이 서로 얽히고설킨 '고유한 구조'의 규범을 갖출 필요도 없다.

고유한 구조! '장르'로서의 문학은 제각기 저만의 구조 법칙을 갖고 있다. 예컨대, 드라마와 시, 소설은 동일한 대상을 취급하지만 구조의 각이성(各異性, 차이점)으로 인해 독자적 영역으로 나뉘어 있다.

그렇다면 문학으로서의 고유한 구조도 없고, 논문이나 저작처럼 개념이나 범주도 없음에도 불구하고, 수필이 우리를 매료시키는 이유는 과연 뭘까.

먼저, 하나의 규범으로서의 특성을 찾기 어렵다는 것이 가장 큰 특징이다. 이는 수필이 논문처럼 논리적 조작의 기술을 필요로 하지 않는다는 것과 '장르'로서의 문학처럼 고유한 구조를 갖지 않는 데서 기인하는 것이다. 하지만 사물이나 생각을 형상화(形象化, 어떤 사물이나 현상을 문학이나 그림 등에 반영하는 일)한다는 점에서 과학이나 논문과 다르다. 그리고 이는 수필과 문학이 떼려야 뗄 수 없는 관계를 맺고 있는 이유이기도 하다. 다시 말하면, 형식에 있어서 수필은 과학이나 논문이 아닌 소설 및 시, 희곡에 매우 가깝다. 그런 점에서 수필은 고유한 구조를 갖지 않는 문학, 바꿔 말하면 '장르'로서의 문학 이외에 존재 가능한 문학의 한 양식이라고 할 수 있다.

수필이 문학의 한 장르로 인정받으려면 불가불 갖지 않을 수 없는 '장르', 즉 소설, 시, 희곡 등의 고유한 구조를 갖지 않은 어떤 종류의 문학으로 인정해야 하느냐는 것이 하나의 문제가 될 수 있다. 하기야 '시나리오' 같은 것도 최근에 와서는 콘티뉴티(Continuity, 촬영 대본)와 구별하여 시나리오 문학 (즉, 새로운 장르로서)으로 정립하려는 경향이 있다. 하지만 시나리오가 문학 장르로서 독립할 수 없는 이유가 있다. 바로 희곡과 많은 공통성을 갖고 있기 때문이다. 그러나 시나리오나 희곡은 소설이나 시처럼 스스로 사건을 전개해 나갈 수 있는 기능과 수단을 갖고 있지 않다. 시나리오와 희곡은 극장과 필름이라는 수단에 의해서만 실현될 수 있기 때문이다. 다시 말하면 시나리오는 희곡과 비슷한 고유한 구조를 갖고 있으며 장르로서 확립될 수도 있다.

하지만 수필은 문학이라고 할지라도 어떤 장르에도 편입될 수 없고, 장르로서의 문학으로도 인정받을 수 없다. 이것이 바로 지금까지 수필이 문학의 여러 장르와 더불어 문학적 저술의 일종으로 존속해 내려왔음에도 불구하고, 단 한 번도 한 시대의 문학으로서 확고한 주류를 이루지 못한 이유이자, 많은 사람이 수필을 완전한 의미의 문학으로 받아들이지 않는 이유이다.

그렇다면 수필은 (불완전하긴 하지만) 어떻게 해서 문학으로 인정받게 된 것일까?

완전하건, 불완전하건, 문학으로 인정받기 위해서는 '장르'로서의 특징과 구조의 규범을 형성하지 않으면 안 된다. 하지만 문학과 비문학을 구별하는 특징이 '장르'와 '구조'만 있는 것은 아니다. 그것은 문학의 형식적인 측면에 불과하기 때문이다.

요점은 내용, 즉 사상에 있다. 다시 말하면 문학이 다른 비문학, 이를테면 과학과 구별되는 가장 큰 특징은 사상이라고 할 수 있다. 그렇다면 과학의 사상과 문학의 사상이 근본적으로 다르냐? 고 물을 수 있다. 물론 그런 것은 아니다. 사상의 형성과 파악 방법만 서로 다를 뿐이다.

문학은 사상을 형상(形象)의 직관(直觀, 사물의 본질이나 알고자 하는 대상을 직접 파악함)으로서 파악하고, 형상의 윤리(倫理)로서 형성해 간다. 또 문학에 있어 논리는 그것이 매우 중용(重用, 중요하게 쓰임)되는 것일지라도 윤리에 종속되는 것이며, 모든 논리적인 것 역시 형상적인 것으로 번역됨이 마땅하다. 하지만 비문학은 그 순서가 완전히 다르다. 여하히(의견·성질·형편·상태 따위가 어찌 되어 있게) 윤리나 형상성이 농후하다고 할지라도 그것은 어디까지나 논리와 체계에 종속되고 또한 종속된 전자(前者)로 번역되어야만 한다. 그러므로 비문학이 냉혈한 객관자라면, 문학은 피가 흐르는 주관자라고 할 수 있다. 이것이 바로 문학을 주관의 표현이라고 하고, 비문학을 객관의 인식이라고 하는 속설(俗說, 세간에 전하여 내려오는 설이나 견해)과 문학만을 정서의 문자라고 생각하는 치졸한 견해의 근거다. 하지만 논리의 객관성과 윤리의 주관성은 진실을 표현하는 서로 다른 형식에 불과하다.

　과학적 진리에 관한 인간적, 윤리적 진실! 이 사소한 차이를 통해 우리는 문학과 과학을 이야기하는 것이다. 개념이 논리를 통해 진리로 끝맺는다면, 형상은 생활을 통해 윤리를 전개하는 것이다. 여기서 말하는 윤리란 '모럴'이란 외국어를 말하는 것이다.

　다시 말하자면, 수필이 문학이 될 수밖에 없는 이유를 생각할 때 이 '모럴'의 중대함을 생각하지 않을 수 없다. 또한 그 형식이 비문학적(즉, 문학적인 불완전성!)임에도 불구하고, 사상으로서 '모럴'적이기 때문에 문학으로 인정받을 수밖에 없다. 예컨대, 작가 '몽테뉴(프랑스의 철학자)'는 세상을 논리의 껍질을 쓰지 않고 살아가는 인간으로서 '에세이'에 관해서 이야기한 바 있다.

이런 의미에서 수필은 체계나 방식에 따라 무엇을 교설(教説, 가르치고 설명함)하는 것이 아니라 사색과 생활의 진술함을 담은 개성적인 기록이라고 할 수 있다. 이는 일신상의 각도에서 모든 것이 이야기되기 때문으로, 수필이 문학이기 때문에 생기는 수필만의 고유한 특징이라고 할 수 있다. 하지만 다 같이 사상을 모럴로서 표현하는 데도 수필과 장르로서의 문학은 매우 큰 차이가 있다.

수필이 모럴리티(morality)를 갖는 것은 작가가 직접 사물을 보고 이야기하기 때문이다. 이때 필자의 모럴은 대부분 일인칭으로 표현된다. 즉, 형상은 필자 자신이다. 하지만 장르로서의 문학은 이와 다르다. 본래(예외도 적지 않지만) 작가가 자신의 삶을 노골적으로 표현하지도 않을 뿐만 아니라 작품을 구성하고 있는 개개의 형상과 그것이 서로 관계하는 형상을 통해 간접적으로 모럴을 표현하기 때문이다. 여기에 형상의 독립성이 있고, 독자는 이 형상과 그들의 관계를 아는 것만으로도 충분하다. 즉, 작가 자신의 개성에서 벗어남으로써 개성이 표현된다.

여기에 수필의 또 다른 특징이 있다. 즉, 수필은 형상이나 구조의 도움을 받지 않고 직접 일상의 현실을 그대로 가지고 모럴리티를 표현하지 않으면 안 된다. 다시 말하면, 가장 비시적(非詩的)인, 가장 산문적(散文的)인 예술이 바로 수필이다. 요컨대, 수필은 사소하고 우스운 일상사를 통해 심원(深遠, 헤아리기 어려울 만큼 깊은)한 세계를 표현할 수 있어야한다. 이는 문학의 표현에 있어 가장 어려운 것 중 하나로, 이를 통해 우리는 수필이 매우 쉬운 문학적 표현 양식이라고 생각하는 속견(俗見, 세속적이고 통속적인 생각)에서 벗어날 수 있다.

정말 좋은 수필은 시시하고 지루한 일상의 사소사(些少事, 아주 작은일)를 사상의 높이까지 고양하고, 거목(巨木, 아주 굵고 큰 나무)의 잎사귀 하나하나가 강하고 신선한 생명을 간직하듯, 일상사가 작가가 가진높은 사상과 순량한(순하고 선량한) 모럴리티의 충만한 표현으로서의가치를 품고 있어야 한다. 여기에서 교묘한(솜씨나 재주 따위가 재치 있게 약삭빠르고 묘한) 수필과 훌륭한 수필이 구별된다.

어쩌면 교묘한 수필일수록 일상사를 찬찬히 잘 기술할 수 있다. 하지만 사상의 깊이 없이는 그 무엇도 훌륭한 수필이 될 수 없다. 이는 작가의사상이 도그마(dogma, 독단적인 신념이나 학설)에서 교양으로 혈육(血肉, 피와 살) 속에서 용해되고, 교양은 그 사람의 모든 생활과 감정의 세세한 부분까지 삼투(액체 따위가 밖에서 안으로 스며듦)하고, 그것이 그의 생활 전부를 통해 여유 있고 자유로운 한 개의 인성(人性)으로서의 모럴로 작용할 때라야 비로소 가능하다.

과학자의 수필을 예로 들자면, 그 사람 자신이 연구하는 과학의 방법을 그대로 척도 삼아 현실을 맞춰간다면 수필의 가치는 제로다. 과학이작가 개인의 한 인성으로 생활세계의 모든 것을 개성적으로 분별하는 자유로운 모럴로서 원숙 될 때, 그의 붓끝은 하잘것없는 일상세계를 다른 사람이 보지 못하는 신선한 시각에서 보게 된다. 즉, 그 사람이 아니고는 보지 못할 새로움을 독자에게 전달해야 한다.

그러므로 수필이란, 과학이나 사상의 견고함이나 체계의 정연함으로 일상세계를 처리한 데서 생기는 문학적 미감(美感, 아름다움에 대한 느낌. 또는 아름다운 느낌)이 아닌 그 사상이나 과학이 진실로 개인의 것으로 용해되었을 때 비로소 하나의 아름다운 문학이 될 수 있다. 즉, 수필의 미(美)는 한 개인의 자유로운 정신활동이 불러오는 문학적 소산(所産)이라고 할 수 있다. 그러므로 사상이 개성의 모럴이란 세계까지 이르지 못하면 결코 좋은 수필을 쓸 수 없다.

때때로 우리는 수필이랍시고 말도 안 되는 소리를 지껄이는 작가의 글을 보곤 한다. 문제는 그 작가가 쓴 다른 작품(예를 들면, 소설이나 시)은 그 정도로 수준이 낮지 않다는 것이다. 물론 작가가 기교적인 면에서 수필에 능하지 못할 수도 있다. 하지만 그 원인은 다른 데 있다. 작가의 사상이 미숙하기 때문이다.

작가에게 있어서 작품이란 자기 생각을 그대로 표현하는 도구라고 할 수 있다. 그것은 일상의 시시하고 작은 일을 제 사상을 통해 찬연한 생명을 불어넣는 일이기도 하다.

사실 사물을 작품을 통해 사상으로 여과해내는 것은 절대 쉬운 일이 아니다. 하지만 작품의 구조나 성격 형성의 원리 등은 이미 만들어져 있는 것으로 작가의 수고를 덜어주는 측면이 있다. 바꿔 말하면, 개인의 방법을 가지고 제 생각을 이야기하는 것, 혹은 보다 더 널리 쓰는 규범으로

제 생각을 표현해 가기 때문에 사상의 도그마로서 생경미(生硬味, 세련되지 못하고 어설픔)가 가려질 수도 있는 것이다. 물론 이는 최고 수준의 작품에 적용될 이야기는 아니다. 하지만 작품 구조상 언제든지 나타날 수 있다.

구조(構造)─그것은 형식의 법칙성과 합리성을 뜻한다. 그러나 수필은 구조를 갖고 있지 않기 때문에 형식에 있어서 어떤 법칙이나 합리성역시 존재하지 않는다. 따라서 타인이 만들어 놓은 어떤 규범을 이용해 사물에 제 생각을 접목할 수 없다.

수필은 그 어떤 매개물 없이 현실과 사상을 직접 융합해야 한다. 이로말미암아 실로 미미하고 사소하기 그지없는 일상사가 개성적인 힘을 입을 뿐만 아니라 엄청난 가치를 발휘할 수도 있다. 하지만 이는 사상이 도그마로서가 아니라 개인의 모든 부면(部面, 어떤 대상을 나누거나 분류하여 이루어진 몇 개의 부분이나 측면 가운데 어느 하나)에 침투하고 정서와 감정이 충만했을 때, 다시 말하면 원만한 교양으로 그 사람의 삶에 용해되었을 때라야만 비로소 가능한 일이다.

사상이란 이런 것이다. 즉, 개인의 자유로운 정신이 모럴로서 정착되었을 때 비로소 견고하고 영구히 살 수 있다. 이는 사상이 현실 속에 굳건하게 발붙이고 있음을 의미하는 것이기도 하다. 한 개인에게 있어 사상과 현실과의 통일과 조화란 바로 이런 좋은 모럴의 형성이다.

그런 까닭에 수필은 좋은 생각만으로 써지는 것이 절대 아니다. 명철한 관찰안(觀察眼, 사물을 바라보는 눈)이 있어야만 한다. 여기에 좋은 사상 역시 필요하다.

　이렇게 볼 때 과거의 경향문학(傾向文學, 순수한 창작 의욕과 예술성보다는 일정한 정치적, 사상적 경향으로 기울어져 대중을 그와 같은 방향으로 계몽하고 유도하고자 하는 목적을 지닌 문학)의 수필이 명철한 눈을 채 갖지 못한 사상의 언어였다면, 순문학(純文學, 문학의 비순수성을 배제하고 순수성을 지키며 추구하는 문학)의 수필은 눈으로 쓴 글일 뿐 마음으로 쓴 글은 아니었다고 할 수 있다.

　마음과 눈의 조화, 높은 정도의 융합이 없는 데서 좋은 수필을 기대할수는 없다. 이것이 우리 수필의 특징이 아닐까?

　교양은 사회적으로는 풍속으로 표현되고, 개인에 있어서는 취미로 나타난다. 이에 우리 문단의 수필을 다시 이런 시각에 비춰볼 때, 경향문학자들의 수필이 아직 취미까지 미치지 못한 생경한 관념의 조작이었다면, 순문학자들의 수필은 취미만의 (사상으로서의 핵심이 없는) 술회였다고 할 수 있다. 그러므로 그들의 취미란 근대화 되지 않은, 즉 현대 정신을 통해 현대 문화로서의 교양이 된 현대적 취미가 아닌 전대의 소위 동양적 취미라고 할 수 있다. 논문이나 소설에서는 제법 현대인에 속하면서도 수필만 쓰면 의례(依例, 전례에 의함) 동양적인 취미를 발휘하는 사람이 적지 않은 이유 역시 바로 이 때문이다.

　이 밖에도 여러 종류의 수필이 있지 않으냐? 고 할지 모른다. 하지만 그것들을 모두 수필로 논하기에는 위에서 말한 종류의 글과 견주어 민망한 것이 대부분이다. 따라서 현대적 의미의 사상 (개인에 있어서는 교양)과

취미의 조화가 생기기 전에는 우리나라에서 좋은 수필을 읽기란 어려울 것이라는 게 이 글(수필론)의 결론이 아닌가 한다.

- 1938년 6월 18일~6월 22일 《동아일보》

작가의 눈과 문학의 세계
_임 화_

— 소설《남매》의 작가에게 보내는 편지를 대신하여

　문학의 세계란 작가의 '눈'을 통해 독자 앞에 전개된 현실 세계다. 이에 우리는 현실 세계에서와 같이 작품 속에서 자신의 생활을 발견하곤 한다. 문학을 가리켜 하나의 소우주라고 하는 것은 바로 이 때문이다. 그러나 실재(實在, 실제로 존재함)하는 대우주 가운데 일부로 작위(作爲, 일부러 만듦)된 소우주를 창조하는 데는 또 다른 이유가 있다.

　작가의 '눈'이 평판한 초자(硝子, 석영·탄산소다·석회암을 섞어 높은 온도에서 녹인 다음 급히 냉각하여 만든 물질)가 아닌 하나의 '렌즈'처럼 작동하기 때문에 문학 세계는 현실 세계와 다르다. 실로 이 '렌즈인 눈'에서부터 문학은 시작되며, 또 문학은 한정된다. 그러므로 문학의 가치는 바로 이 '눈'의 우열에 있다. 그런 점에서 문학은 손의 기술이 아닌 작가의 '눈'을 통해 이뤄지는 예술이라고 할 수 있다.

글
쓰는 것이 아니다
짓 는 것 이 다

그렇다면 작가의 '눈'이란 과연 어떤 '렌즈'일까?

'초상화'는 그 모델에 비슷한 만큼 작가 자신을 닮았다는 누군가의 말이 있다. 그렇다. 작가의 '눈'이란 작품 위에 현실 세계를 반영할 뿐 아니라 작가 자신의 모습을 투영하는 '렌즈'다.

작품 속에는 우리의 생활이 있을 뿐만 아니라 작가 자신의 생활이 있다.

우리가 작품세계에서 공감하고 반발하는 것은 우리와 작가가 일치하고 당착(撞着, 말이나 행동 따위의 앞뒤가 맞지 않음)하는 것에 불과하다. 어느 때를 막론하고, 작가는 작품을 통해 하나의 세계상을 보여주지만 독특한 혈색으로 인해 항상 짙게 착색되어 있기 때문이다. 이 피는 사실상 매우 다양하다. 어느 때는 현실 세계를 한층 더 선명하고 다채롭게 자기의 세계상 가운데 재구성할 수 있으며, 때로는 이와 반대로 혼탁한 혈청으로 현실 세계의 위관(偉觀, 훌륭하고 장엄한 광경)과 내용을 더럽힐 수도 있다.

작가적 '렌즈'의 물리학적 질(質)이란 실상 작가의 '피'라는 화학적 내용으로 가공된 것이다.

작가는 자신의 '피'가 될 영양물을 현실생활이란 토양에서 섭취할 수밖에 없다. 그 때문에 작가적 혈액의 원소(原素)는 자신이 생활하고 있는 사회의 원소이기도 하다. 그러므로 작가의 사회적 본질이란, 곧 작가적 '눈'의 이화학(理化學, 물리학과 화학을 아울러 이르는 말)적 내용이 되는 것이다. 따라서 모든 '눈'이 위대한 예술적 세계상을 창조하지 못하는 것은 어쩌면 당연한 일이다. 하지만 같은 문학작품이라도 작가의 '피'가

열도(熱度, 열심의 정도)를 높여 흐르고 있는 작품에서보다 더 강한 감흥을 느끼는 것은 예술적 세계상의 우열과는 별개의 것이다. 작품에 대한 동감을 느끼는 것도, 반감을 느끼는 것도 바로 이 때문이다. 이는 도스토옙스키를 읽을 때도, 고리키를 읽을 때도 나타나는 것으로 격렬한 마음의 동요라고 할 수 있다. 그러므로 리얼리즘은 문학의 불발(不拔, 아주 든든하여 빠지지 아니함)한 기초이자 작가의 열렬한 정신의 화염(火焰, 불꽃. 타는 불에서 일어나는 붉은빛의 기운)으로 연소되지 않는 한, 수준 낮은 작품으로 떨어질 수밖에 없다. 더욱이 지금과 같이 격렬한 갈등으로 성격화 되어 있는 현실을 반영하는 리얼리즘의 정신과는 모순되는 것이다. 리얼리즘은 확고하게 현실 가운데 뿌리를 내리고 있으면서 동시에 현실에 대해 날카롭게 대립하는 문학의 정신이기 때문이다.

불행하게도 오랫동안 진보적 문학의 전통 속에서 성장한 리얼리즘 문학은 현실 위에 섰다는 것만 의식할 뿐, 현실을 비판하고 극복하려는 의지로 현실과 대립하는 고차원의 현실성을 망각해 가고 있는 듯하다. 특히 이러한 반단(半端, 어중간함)의 리얼리즘은 현실로부터 도피하려는 경향이나 현실의 모순을 비현실적인 방법으로 극복하려는 경향이 있다.

사회주의적 리얼리즘을 수입한 우리 문학의 특징이 바로 여기에 있음은 통탄할 일이다. 하지만 그것은 이미 우리 문학의 현상이 아닌가? 그런 점에서 뜻있는 작가들이 이러한 저조(低調, 활기 없이 침체됨)와 타기(惰氣, 게으른 마음이나 기분)로부터 현실과 대립하고, 현실과 맞섬으로써, 현실에 밀착하려는 것은 확실히 주목할 만한 일이다.

이에 지금부터 《조선문학》 3월호에 게재된 《남매》라는 단편소설에 대해 소감을 피력하고자 함은 좋든 싫든 거기에서 작가의 살아 있는 '눈'을 발견했기 때문이다.

사실 작가의 '눈'의 구성내용, 즉 현실 세계와 문학적 세계상의 매개자로서 작자의 '눈'이 과연 어떤 가치와 의의를 갖고 있는지 밝히는 것은 결코 한 작가만의 문제가 아니다. 우리의 과제이기도 하기 때문이다.

우선, 《남매》는 그 구성이 하나의 초점(사건)을 향해 유기적으로 형성되어 있는데, 여기서 작가의 '눈'은 강렬한 렌즈 역할을 하고 있다.

소설은 김봉근이라는 소년의 무고한 수난(受難, 어려운 일을 당함)에 초점을 맞추고 있으며, 그의 가슴에 영원히 메우지 못할 구멍을 뚫은 채 끝난다. 물론 이는 주인공은 물론 독자의 가슴을 꿰뚫기 위한 작가의 철저한 의도라고 할 수 있다.

정교한 렌즈는 단 하나의 초점밖에 갖지 않는다. 이를 통해 빛은 더욱 밝아지고, 열도(熱度)는 한층 더 뜨거워져 비로소 불을 일으키고 정확한 구멍을 뚫는다.

렌즈 면에 접촉된 광선을 하나도 놓치지 않고 한 점 위에 집중시키는 '눈'은 분명 우수한 눈이다. 만일 렌즈 면에 도착한 광선 일부를 그대로 반사한다면 그 렌즈는 분명 흠이 있는 것이다. 초점 이외의 방향으로 굴절시켜도 마찬가지다. 하물며 한 초점 이외에 다른 몇 개의 초점을 남긴다면 그 렌즈의 가치는 더욱 떨어진다고 할 수밖에 없다. 이 점에서 《남매》를 쓴 작가의 '눈'은 분명 정확한 렌즈였다고 할 수 있다.

《남매》의 세계상은 그 인물이 현실적으로 생활하는 넓은 세계에 비하면 분명 압축된 작은 세계에 지나지 않는다. 그러나 창작가로서의 '눈'은 다시 작품의 내적 구성을 하나밖에 없는 유일한 초점을 향해 또는 거기서 제조하는 데 성공해야 한다.

이것이 바로 작품세계의 내적 논리로서 하나의 원(圓)은 한 개의 중심밖에 가질 수 없다는 수학의 원리와도 같다.

먼저 이 작품의 내적 구조를 살펴보면 초점은 소설 마지막 부분에 있다.

"긴호─꽁(김봉근)! 매부(妹夫, 매형. 누나의 남편)가 몇이야? 한 다스? 두 다스?"하고는 닝큼닝큼(머뭇거리지 않고 단번에 빨리) 뛰어간다.

봉근이는 항상 듣는 이 말이 지금처럼 모욕적으로 들린 적이 없다.

…… (중략) ……

봉근이는 더는 참을 수 없었다. 와락 두 주먹을 쥐고 모자도, 책보도 길 위에 집어 던진 채 아이들을 쫓아갔다. 선생의 아들은 여느 때와 다른 그를 보고 겁이 났는지 달음박질 쳤다. 봉근이는 길이고, 밭이고, 얼음이고 분간하지 않았다. 심지어 지금 따라가고 있는 것이 누구인지도 잊어버렸다. 두 주먹을 쥐고 죽기를 각오한 채 쫓아갈 뿐이다.

여기서 소년 봉근이 쫓아가는 사람이 항상 그를 놀리던 선생의 아들만이 아님은 자명하다. 그렇다면 그를 놀리던 모든 아이일까? 그럴 것 같지만 사실 그렇지도 않다. 왜냐하면, 뭔지 모를 그것을 향해 한사코 돌격하게 하는 것은 아이들의 조롱만이 아니기 때문이다.

그러나 오늘 새삼스레 봉근의 조그만 심혼(心魂, 마음과 혼을 아울러 이르는 말)에 충격을 가한 것은 '그때까지 경험한 갖가지 더럽고 추한 것들이 함께 뭉쳐져 그의 얼굴에 떨어지는 것 같았기 때문'이다.

그 원인, 봉근의 비극적 인내를 파괴한 원인은 작가가 말하듯 지금까지의 생애를 통해 누적된 제사실(諸事實, 일체의 사실)들임이 분명하다. 하지만 직접적으로는 그가 믿었던 유일한 끈(혈육)인 누이 계향의 배신 때문이었다.

사실 봉근은 아버지한테 맞고 어머니한테 할퀴면서도 구차한(몹시 가난한) 윤재수를 좋아하며 끝까지 다른 남자에게는 몸을 허락하지 않는 누이 계향을 볼 때마다 숭고하고 신성한 것을 발견한 것처럼 우러러 보곤 했다. 왜냐하면 '평양에 가서 여학교에 다니다가 방학 때마다 돌아오는 누구누구의 평판 높은 처녀들도 그렇게까지 마음이 신성하고 깨끗할 것 같지는 않았기 때문이다.

여기에 임의 빈곤의 참혹한 손 밑에 인간으로서의 제일의 권리, 최초의 자존심을 분쇄 당한 비극적 운명의 숨은 눈물이 흐르고 있다.

이 억압된 가련한 인간들의 숨은 눈물의 소리 나지 않는 오열을 감지하지 못하는 마음은 일평생 생활이란 것을 해보지 못한 '두뇌만 가진 인간'(도스토옙스키)의 천박이리라.

"알겠습니까? 당신은 알겠습니까? 어떻게도 할 수 없다는 이 말의 의미를…… 아마 당신은 아직 모를 것입니다."

《죄와 벌》의 마르멜라도프가 비생활인의 천박에 대해 던지는 통렬한 비난을 소년 봉근의 마음 역시 우리를 향해 속삭인다. 그러므로 학교 친구들이 "긴호—꽁! 매부 한 다스? 두 다스?" 하고 조롱할 때도, 부잣집 처녀들이 '사랑도, 쥐뿔도 없으면서도 돈 때문에, 명예 때문에 개기름 흐르는 사내들의 첩으로 시집가는' 타기(唾棄, 곧, 아주 업신여기어 돌아보지도 아니함)할 사실을 그는 잘 알고 있었다.

만일 그들이 자신의 누이처럼 돈으로 좌우되는 기생 신분이 된다면 그보다 몇 배는 더 추한 야수가 될 것이 틀림없었다. 반면, 누이 계향은 광란하는 폭풍우 가운데서도 아직 하나의 희망을 굳건히 간직하고 있었다. 이에 봉근은 인간으로서 최후의 권리이자 최후의 명예라는 아름다운 촛불을 누이의 가슴을 통해 보고 있었다. 나아가 이는 누이의 보물이자 자신의 보물임을 무의식적으로 느끼고 있었다. 그의 비극적 인내란 이렇듯 너무도 미약한 끈으로 연결되어 있었다. 그로 인해 봉근의 어린 가슴은 가증스러운 현실에 대한 분격(憤激, 몹시 분하여 성을 냄)을 언제부터인가 간직하고 있었다. 그러나 그 한 줄기 끈은 누이의 손에 의해 결국 끊어지고 말았다.

지난밤 어머니와 싸운 후, 계향은 송충이처럼 싫어하던 식료품점 주인에게 하룻밤을 팔고 만 것이다. 사실 그 이유가 무엇인지는 소설에서 큰 의미가 없다. 그보다는 그를 혹은 그들 남매를 이러한 파멸에 빠뜨린 원인이 소설의 핵심이기 때문이다.

그들을 출가하게 한 원인, 그들을 기생과 기생의 동생으로 만든 원인은 그의 가정의 현실로부터 비롯되었다.

계향이 아홉 살, 봉근이 두 살 때 그의 생부(生父) 김일구가 죽자, 스물여섯이었던 어머니는 청상과부가 되고 말았다. 그러나 아직 젊은 부인이 두 자식을 데리고 일가족의 고단한 운명을 개척하기에는 그야말로 현실은 냉혹하기 그지없었다. 결국, 어머니는 광산 일을 하던 김학섭 — 현재의 남편 — 에게 개가(改嫁, 결혼했던 여자가 다시 다른 남자와 결혼함)하여 '관수'라는 아들을 둔다. 하지만 그마저도 그들 세모자를 가난으로부터 구할 수는 없었다. 얼마 후 광산이 폐광되어 학섭의 수입마저 끊기고 말았기 때문이다.

결국, 딸이 나섰다. 딸은 '봉희(鳳姬)'라는 보통학교 생도의 길을 포기하고, 봉근의 누이로서의 이름도 버리고, 계향이라는 기명(妓名)을 얻어 그때부터 지금까지 그들 일가를 지탱해왔다. 이것이 그들 가족의 역사요, 현실이었다.

의붓아비와 아비 다른 자식들, 그리고 그 중간의 어머니. 하지만 이렇게 복잡하게 연결된 가족이 그렇게 쉽게 끝나리라고는 누구도 생각하지 못했을 것이다.

사실 그들의 갈등과 불안은 오래전부터 존재해왔다. 그것이 보잘것없는 기회를 빌미로 마침내 폭발하고 만 것이다.

소설은 어제 낮부터 그 이튿날 아침까지의 사건으로 구성되어 있다. 이 압축성이 독자를 처음부터 끝까지 드라마티컬 한 긴장 한 가운데 머물게 한다.

정히(틀림없이) 소설은 불합리한 사회의 모습을 전형적으로 그리고 있다.

남매는 어제저녁, 어머니와 계향의 입씨름이 빌미가 되어 가출한다. 하지만 그것은 빌미일 뿐, 오랫동안 축적된 갈등과 모순의 충돌, 폭발에 다름 아니었다.

싸움은 그날의 일상적인 사사(些事, 조그마하거나 하찮은 일)로부터 시작되었다.

그날 의부(義父) 학섭은 앞집 차 서방과 함께 부근에 있는 조천(朝川)이란 내로 고기를 낚으러 갔다. 봉근 역시 눈총을 맞아가며 따라갔다가 저녁이 다 되어서야 짐을 잔뜩 짊어지고 돌아왔다. 그런데 그만 물고기의 처리 방법을 두고 의부와 계향의 다툼이 일어나고 말았다. 물고기를 시장에 내다 팔자는 의부와 저녁 반찬으로 맛있게 만들어 먹자는 계향의 의견이 서로 달랐던 것이다.

하지만 옆에서 그 얘기를 듣고 있던 봉근은 서럽기 그지없었다. 사실 그에게 있어 물고기를 팔든지, 반찬으로 만들든지 아무 상관이 없었다. 다만, 그것을 잡을 때 느꼈던 기쁨을 깨뜨리는 게 못내 서러울 뿐이었다.

계향 역시 동생의 그 마음을 모를 리 없었다. 이에 학섭과 다른 가족이 시장에 고기를 팔러 나가자 어떻게 하면 동생의 마음을 달랠 수 있을지 고민한다. 어린아이의 비극은 비극 중의 비극이기 때문이다.

결국, 봉근은 방에 들어가 울음을 터뜨리고 말았다. 그 무엇도 허전한 그의 가슴을 채울 수 없었다. 사실 꽁꽁 언 강 위의 차가운 바람도, 의부의 눈총도, 어깨 위의 무거운 짐도 잊을 수 있었던 건 고기를 잡아서 어머니와 누이에게 돌아갈 수 있다는 기쁨 때문이었다. 그러나 이제 그 기쁨이 사라졌으니, 마음 한가운데 폭풍우가 이는 건 당연했다.

계향은 돈을 주며 그를 달래 봤지만 허사였다. 이에 그만 동생의 뺨을 후려갈기고 말았다. 그러자 깜짝 놀란 봉근은 잠시 누이를 쳐다봤다. 하지만 그것도 잠시. 곧 그의 울음이 다시 하늘을 찌를 듯이 높아졌고, 슬픔은 땅을 뚫을 듯이 깊어졌다.

이 울음이 자신을 때린 누이에 대한 원망으로부터 시작된 것이 아님은 누구나 알 것이다. 그렇다면 과연 무엇 때문에 그렇게나 서럽게 우는 것일까?

피우던 꽃도 어린아이의 슬픔에 북받치는 울음 앞에서는 스러지고 만다. 그런데 하나밖에 없는 동생의 울음소리를 듣는 누이의 마음은 과연 어떻겠는가? 그녀가 동생을 미워서 때리지 않았음은 중언(重言, 반복해서 말함)할 필요가 없다. 그렇다면 그녀는 왜 동생을 때린 것일까?

한편 부엌에서 잠잠히 밥을 짓고 있던 그들의 어머니 역시 딸이 아들을 때린 손바닥의 아픔을 자신의 아픔으로 느꼈음은 당연한 일이다. 어머니는 딸이 때린 것이 봉근이 아닌 자신이며, 또한 봉근을 때린 것이 딸 계향의 손이 아닌 자신의 손이라고 생각했다. 그리고 마침내 계향과 어머니 사이에 싸움이 벌어지고 말았다.

요(要, 핵심)는 그들이 결코 서로를 미워하는 사이가 아니라는 것, 그들의 마음을 헤아려보면 서로를 불쌍히 여기고 있다는 점이다. 그러니 그들의 싸움은 죄 없는 어린 마음의 수난 앞에 서로 손을 마주 잡고 통곡하는 하나의 형식에 불과했다.

오늘날 우리는 빈민들이 가정에서 이런 싸움을 수없이 벌이고 있음을 발견할 수 있다. 그러나 그들은 실상 서로 싸우는 게 아니라 피차(彼此, 이쪽과 저쪽의 양쪽)의 고난 제조자 앞에서 통곡하고 있는 것이다.

사실 계향의 어머니가 개가하지 않고 두 자식과 자신의 생명을 유지할 방법은 없었다고 해도 과언이 아니다. 이는 계향 역시 잘 알고 있다. 그러나 자신의 몸을 팔아 의붓아비 술값에 집안 살림을 해야 하는 걸 생각하면 억울하기 짝이 없었다. 그래서 가끔 자신이 좋아하는 남자와 사랑을 나누며 그것을 잊으려고 했다.

어머니 역시 딸자식을 남처럼 공부시키지 못하고, 좋은 남편에게 시집보내지 못한 것이 못내 마음에 걸렸을 것이다. 나아가 이는 자식에게 한없이 미안하고 죄스러운 마음이 들게 했다.

자식을 사랑하는 어버이의 슬픔?

그녀가 무엇 때문에 계향의 조그만 즐거움을 미워할 것인가? 그러나 가난이란 무서운 현실은 이 애정과 실현되지 못하는 육친애(肉親愛, 혈족 관계가 있는 사람들 사이의 애정. 또는 그와 같은 정)를 쓸데없는 심적 갈등으로 보이게 할 뿐이었다. 즉, 딸은 은연중에 어머니가 개가하였다고, 어머니는 딸이 남자관계가 복잡하다고 싸우는 것이다. 하지만 이 갈등에는 그들의 생활과 애정을 파괴한 객관적 원인으로서의 가난 이외에 다른 이유는 아무것도 없었다. 주지(周知, 여러 사람이 두루 앎)하다시

피, 계향이 기생이 된 것도 그의 어머니가 개가하였기 때문이 아니었으며, 그의 어머니가 개가한 것 역시 그들 세모자의 생명을 유지해야 할 절박함 때문이 아니었던가?

어머니의 개가가 가족의 불행의 원인 중 하나라고 치자. 그렇다면 생부 김일구가 생존해 어머니가 개가하지 않았다면 그들 일가의 생활은 과연 지금보다 행복했을까. 또 그것을 과연 누가 보장할 수 있을 것일까?

그들이 개가하고, 기생이 되고, 혹은 그렇지 않았든 간에 그들의 생활이 불행했으리라는 것은 이미 여러 가지 사실로 보아 피치 못할 사실임이 분명하다. 동시에 그들의 불행은 그들 자신의 탓이 아닌 보이지 않는 운명이 되어 그들의 머리 위에 떨어지는 사회적 원인으로부터 기인한 것이다. 가난과 무지로 말미암아 그들을 불행에 빠뜨린 원인이 발견되지 않았을 때, 딸은 어머니를 원망하게도 되고, 어머니는 딸을 원망하게 되는 것이다. 그러므로 이런 불필요한 갈등은 그들의 불행을 한층 더 심각하고 뼈아프게 할 따름이다.

객관적으로 볼 때 이 이유 없는 육친 싸움이란, 부유한 가족 간에 흔히 볼 수 있는 재산 중심의 추악한 골육전(骨肉戰, 혈육 간의 싸움)에 비해 비극적일 만큼 아름답다. 그들의 싸움은 불행의 공통한 대상을 극복할 수 없는 절망의 오열이며, 자신들의 무력을 통곡하는 너무나도 뼈아픈 일이기 때문이다.

"이년아, 어서 나가거라!"

"그래, 나가리다!"

이런 간단한 말, 근거도 없는 감정의 충돌로 말미암아 그들은 왕왕(往往, 시간 간격을 두고 이따금) 서로 손짓을 하는 것이다.

　　그렇다고 그들이 나간다고, 내보낸다고 해서 더 행복하냐면 그것도 아니다. 대부분 그 반대의 결과를 낳음이 통례(通例, 일반적으로 통하여 쓰는 전례)다. 그러므로 계향이 동생을 데리고 출가한 것도 결코 어머니가 미워서가 아니며, 홧김에 남매에게 나가라고 소리친 것 역시 어머니의 진정한 마음이 아니다. 남매가 집을 나간 뒤 밤새도록 눈물을 흘리는 불행한 어머니의 모습을 우리는 미뤄 짐작해볼 수 있지 않은가?

　　그렇다면 그들을 내쫓은 원인은 의부 학섭에게 있는 것일까. 얼핏 그렇게 보이긴 하지만, 사실은 그것도 아니다. 학섭은 그들 모녀가 싸울 때 함께 있지도 않았을 뿐더러 세모자에게 단 한 번도 거친 말을 한 적이 없다. 다만, 모녀 싸움의 보이지 않는 동인(動因, 어떤 사태를 일으키거나 변화시키는 데 작용하는 직접적인 원인)인 것만은 확실하다. 그러므로 이 소설에서 모녀 사이의 갈등은 현실미를 띤 가운데 등장인물 간의 갈등으로 형상화되어 있다.

　　그러나 그들 모녀를 갈라놓은 진정한 갈등의 모체는 그들 뒤에서 무서운 눈알을 굴리고 있다. 그녀의 어머니를 개가하지 않을 수 없게 만든 가난이란 현실의 커다란 그림자가 바로 그것이다. 또 봉근이 고기를 짊어진 채 노을 진 강 언덕을 걸어올 때 등 뒤에 있던 커다란 그림자가 그들의 어두운 운명을 상징하는 건 아니었을까? 그 그림자는 또한 그들의 의부를 술이나 먹게 하고, 기생 아비 노릇을 하게 했으며, 계향으로 하여금 자신의 마지막 자존심마저 포기하게 만들었다. 동시에 봉근이 마음으로부터 믿고 있던 최후의 끈마저 끊어버렸고, 결국 어린 마음 한가운데 영원히 메우지 못한 상처를 남기고 말았다. 모우봉(暮雨峰)의 거대한 암영(暗影, 어두운 그림자)은 실로 그들 모든 가족의 머리 위를 덮고 있었던 것이다.

소설《남매》의 출발점은 바로 이 인간의 생활과 심혼(心魂, 마음과 혼을 아울러 이르는 말)을 무참히 짓밟는 사회적 암영에서 출발한 것이다. 그리하여 의부와 친모, 계향, 기타 인물들의 생활과 심리를 노도(怒濤, 무섭게 몰려오는 큰 파도)와 같은 힘으로 꿰뚫으면서 소년 봉근의 마음을 훔쳐보고 있다. 불행에 대한 저항력이 가장 없는 한 인간 위에 그것을 집중함으로써 그 잔인성을 최고도로 발휘한 셈이다. 그 결과, 비극이 절정에 이름과 동시에 소설은 끝이 나고 만다.

사실 이 방법은 독자의 감명을 고조시키는 데 있어 가장 효과적인 방법 중 하나다. 내가 이 소설을 가리켜 드라마티컬 한 작품이라 부르는 이유 역시 이 고도의 비극성에 있다. 또한, 거기에는 훌륭한 비극에서 볼 수 있는 순화(醇化, 정성 어린 가르침으로 감동하게 함)된 서정미(抒情味, 서정적인 맛이나 느낌)가 있다. 요컨대, 하나의 단편으로서《남매》는 시작한 곳으로부터 출발해 막을 내릴 곳에 이르러 끝난 것이다.

《남매》는 최근 발표된 그 어떤 작품보다도 문학을 통해 독자에게 인간 고통의 근원을 고발하는 고매한 정신을 담고 있는 작품이다. 이는 모든 순량(純良)한 예술작품에 꼭 필요한 내면적 진실성이거니와, 남은 문제는 작가가 적발한 악의 본질과 묘사된 생활환경의 가치 여하다.

우선, 《남매》를 통독하고 난 후 우리 가슴을 흔드는 기본 관념은, 가난 이란 것이 나이 많은 사람으로부터 무고한 소년에 이르기까지 또는 일가 족 전체를 가장 무참한 운명 아래 놓이게 한다는 것이다. 의심할 것도 없 이 이 가치는 매우 고귀한 것이다. 하지만 악으로서의 가난이 어디에서 기인하였는가의 문제는 충분히 제기되지 않았다. 물론 단편을 통해 이 호한(浩瀚, 넓고 광대함)한 문제를 전개하기에는 역부족일 수도 있다.

하지만 어느 정도는 암시되어야 하지 않았을까? 소년 봉근의 비극적 운명의 장래가 암담함만을 전하는 이유가 바로 여기에 있다. 즉, 그 감동 의 정도에 비해 봉근의 운명이 현실적으로 뭔가가 부족해 보이는 것이 다. 그러므로 믿고 있던 최후의 끈이 끊어지고, 모든 굴욕의 집합된 충격 에서 뛰어나가는 봉근의 행위는 그야말로 절망의 비상처럼 보인다. 책 보, 누이, 어머니, 학교 등 모든 것을 버리고 내닫는 그 앞에는 과연 뭐가 있을까? 무엇도 보이지 않는 허공뿐이지 않을까?

이를 통해 소설의 효과를 높인 점은 인정할 수 있다. 그러나 명확한 목 표와 어떤 대상을 향해 육체와 정신의 힘을 통합해 전진하는 문학의 정 신에는 어울리지 않는다. 그렇다고 해서 소설이 잘못되었거나 그에 대 한 불만을 말하려는 것은 아니다. 다만, 그것이 감정의 전달뿐만 아니라 작품 현실이란 한 세계상을 통해 구체화 된다는 것, 따라서 문학의 세계 상이란 객관적 가치를 간직해야 함을 강조하려는 데 있다.

그렇다면, 과연 《남매》의 작가가 창조해낸 세계상은 지금의 현실과 같거나 그것을 집약할 만한 수준에 도달했을까?

그렇다고 하기엔 뭔가 부족한 점이 있다. 작가가 의도한 악에 대한 정신적 고발이란 목적 아래 현저하게 왜곡된 현실의 흔적을 발견할 수 있기 때문이다. 일례로, 가난이란 사회적 일반성이 시간과 상황, 인물에 따라 얼마든지 다르게 나타날 수 있음에도 불구하고, 그것을 제대로 표현하지 못했다는 것이다. 봉근 일가(一家)에게 중대한 영향을 준 두 인물, 세무서 '윤재수'와 식료품점 주인을 예로 들어보자.

우선, '윤재수'란 인물의 경우 개성은 물론 성격, 타입 역시 전혀 형상화되어 있지 않다. 오직 누이와 동생의 운명을 측면에서 조종하는 하나의 그림자에 지나지 않는다. 이에 그의 실체가 통속적인 연애 비극에 등장하는 인물처럼 평범하기 그지없다. 그러다 보니 세무서 하급 직원으로서의 그의 성격을 적절하게 표현하지 못했을 뿐만 아니라 계향과의 연애사건 역시 현실적으로 다루지 못했다. 그 결과, 통속극으로 표현된 계향과 그의 연애사건은 이 소설에서 가장 현실성이 떨어지는 부분이 되고 말았다. 생각건대, 이는 봉근의 비극을 만들기 위한 하나의 인위적 조작에 불과하지 않을까 싶다.

식료품점 주인 역시 마찬가지다. 그 역시 윤재수와 비슷한 역할을 하기 위해 초치(招致, 불러서 이르게 함)된 듯하다.

이렇듯 현실성이 떨어지고 충분히 형상화되지 않은 인물과 사건으로 말미암아 작중인물의 중대하고 변스러운 국면을 다소 긴장감이 떨어지게 한 것은 작가의 부주의가 아닐 수 없다.

이 두 인물과 그들과의 관계를 통해 작가는 봉근 일가가 외계(外界, 사람이나 사물 등을 둘러싸고 있는 모든 것. 환경)와 맺고 있는 관련성을 충분히 제시할 수 있었을 뿐만 아니라 사회생활 가운데 놓인 일가족의 위치를 어느 정도 표현할 수 있었을 것이다. 그런데도 작가는 그것에 특별히 주의하지 않았다.

그렇다면 작가는 왜 한 사람, 한 가족의 가난과 불행이 이유 없이 일어나지 않음을 숙지(熟知, 익숙하게 앎)하지 않은 것일까?

의부인 학섭을 통해 일가와 사회와의 통로 역시 어떤 식으로든 마련해야 했다. 그가 광산 일꾼이었다가 폐광으로 말미암아 기생 아비가 되었다는 술회(述懷, 마음에 품은 생각을 말함) 정도로는 결코 그 목적을 달성할 수 없었을 것이다. 그렇다면 왜 그와 그 가족의 역사에는 시대적 변천 혹은 사회생활의 변동이라는 커다란 배경이 모우봉처럼 가로놓여 있지 않았을까?

그러므로 이 소설을 일괄하면, 작가는 가족 내부를 매우 현실적으로 그리고 형상화하는 데는 성공한 반면, 가족과 외부를 연결하는 사건 묘사와 인물의 형상화에 있어서는 비교적 현실적이지 못했을 뿐만 아니라 성공적이지도 못하다고 할 수 있다. 그로 인해 봉근 일가를 봉쇄된 모나드(monad, 넓이나 형체를 가지고 있지 않으며, 무엇으로도 나눌 수 없는 궁극적인 실체로서 모든 존재의 기초)처럼 표현했으며, 일가족의 불행, 그 불행의 담당자인 봉근의 비극을 지배한 원인 역시 천래(天來, 하늘로부터 얻음)의 숙명처럼 그렸다.

이 작품의 주요한 색조인 짙은 고독감 역시 이 봉쇄성과 격리로부터 온 것이다. 그러나 좀 더 주의 깊게 살펴보면 전반 약 3분의 1과 후반 3분의 2가 서로 다른 기분에 의해 지배되고 있음을 알 수 있다.

봉근이 이웃 '옥섭'의 집에 온 면서기의 자전거를 작란(灼爛, 물건 따위가 타서 문드러지다)하는 데서부터 고기를 잡으러 간 데까지, 작가의 붓은 영롱한 리얼리티 위를 걷고 있다.

옥섭과 면서기, 계향은 모두 생선처럼 산 인물이었다. 특히 계향과 면서기의 회화는 지나치게 정확할 만큼 현실적이다. 더욱이 의부와 차 서방과 함께 물고기를 잡는 부분에 있어 봉근의 심리 묘사는 아무리 칭찬해도 부족하지 않다.

하지만 인위적인 인물과 사건이 계속해서 등장하는 소설의 끝부분에 이를수록 작가의 붓은 현실감이 떨어진다. 이에 작가에게 한 가지 부탁하고 싶다. 리얼리즘이 현실과 대립하고 다툰다는 것은 우리의 주관적 정신이 아닌 현실 속에서 대립하고 다투는 것을 의미하는 것이라고.

우리의 정신이 고차(高次, 생각이나 행동 따위의 수준이나 정도가 높은 것)의 현실을 창조함은 그것이 현실의 집중된 반영이기 때문이며, 현실의 내적 진행력(進行力)으로 의지화 되었기 때문이다. 그러므로 우리의 정신이 현실을 통해서만 의지화 된다면, 우리의 의지는 영원히 정확한 현실을 필요로 한다. 이 요구의 실현을 통해서만 우리의 정신은 진정한 정신일 수 있기 때문이다.

너무 장황하게 얘기해서 미안하지만, 작가가 이 소설의 속편을 쓸 의

향이 있다고 하기에 일부러 상세하게 이야기하는 것이다.

　나 역시《남매》의 독자들과 더불어 김봉근의 후일담(後日譚, 뒷이야기)이 궁금하기는 하다. 하지만 작가가 그것을 쓰는 데는 하나의 함정이 있음을 일언(一言)하고 싶다. 특히《죄와 벌》의 작가가 그 뒷이야기를 쓰지 않은 사실에 유념할 필요가 있다. 만일 라스코리니코프(《죄와 벌》의 주인공 이름)의《시베리아 유형기(流刑記)》가 써졌다면《죽음의 집》과 같은 위대한 작품이 되지 못했을 것이다.

　독자란 주인공이 뻔히 예상된 길로 가게 되면 하품을 하는 법이다. 탐정소설이나 통속소설 작가일수록 독자의 이런 심리를 매우 잘 이용하곤 한다. 하지만 나는《남매》의 작가에게 이 길을 결코 권하고 싶지 않다. 오직 독자가 "옹! 그저 그런가?" 하고 한번 웃고 말 안일한 길을 걷지 말라는 것이다.

　봉근이 몇 해 뒤 생활 전선에서 여러 가지 고초를 겪은 사실도 물론 가치 있고 흥미 있는 일이긴 하다. 그러나 '강하게 발사된 탄환은 맹렬하게 폭발한다.'는 탄도학의 법칙을 명심해야 한다.

　《남매》라는 포구(砲口, 포문. 대포의 탄알이 나가는 구멍)를 빠져나온 봉근의 절망적 비상은 조만간 착륙할 곳을 발견할 것이다. 거기서 그는 몽몽(朦朧, 흐릿하고 어슴푸레함)한 시꺼먼 연기와 꽝꽝(꽝꽝하는 큰소리)한 음향을 발(發)하고 폭발할 것이다. 그러나 그때까지 이 비극의 탄환이 반드시 체험할 비상한, 전혀 비상한 경로를 나는 그 후일담에서 기대하고 싶다. 이는 그의 폭발을 한층 더 힘 있고 다채롭게 할 것이 틀림없다. 그도 그럴 것이 그는 이미 비상한 길을 걸을 만한 충분한 이유를 그 출발에서부터 짊어지고 있지 않았는가? 그러므로 그의 다음 길은 아마도 세상의 보통 가난한 집 소년이 걷는 그런 평탄한 일조(一條, 한 줄기)의 노선은 아닐 것이다. 그것만으로도 한 편의 좋은 소설이 되기에는 충분하다.

-1937년 3월

*《남매》- 김남천이 1937년 3월 《조선문학》에 발표한 단편소설

서도(書道, 글씨를 쓰는 방법. 또는 그 방법을 배우고 익히는 일)의 극치는 조솔고졸(粗率古拙, 조잡하고 옹졸한 글씨)에 있다고 하니, 곧 문학 기교의 길과도 통한다. 그것은 헛되이 풍윤(풍성하여 넉넉함)하거나 화려하지 않은 대신 낡고 옹졸한 곳에 수련된 명장(名匠)의 손길과도 같은 것이어야 한다. 나아가 홍차가 아닌 떫은 녹차의 맛이어야 하고, 사탕을 넣지 않은 쓴 커피의 맛이어야 한다. 하지만 이러한 경지의 숙달된 문학의 표본은 아직 문 앞에 보이지 않는다. 참된 기교의 길은 그만큼 멀기 때문이다.

소재의 빈곤

이효석

작가라면 누구나 한 번쯤 소재 빈곤이라는 난관에 부딪히곤 한다.

위대한 생활적 체험이 없는 이상, 작가는 독서 · 견문 · 상상에서 재료를 구할 수밖에 없다. 그러나 그것 역시 무진장(無盡藏, 매우 많음)의 상맥(想脈, 생각의 맥)은 아니다. 그러므로 작가 개인의 이상(理想)과 직업의 변이를 풍부하게 하거나, 여행을 자주 다니는 것이 좋다. 만일 그것이 불가능하다면 거기에 필적할 만한 여러 가지 조건을 갖춘 문학 사회를 가져야만 한다.

- 1936년 5월 《조선문학》

기교 문제

이효석

객년(客年, 지난해) 이래 왕왕(往往, 시간의 간격을 두고 이따금) 기교주의가 운위되고(일러져 말해짐), 기교의 과잉이 논란이 되고 있다는 이야기를 들을 때마다 번번이 의아한 느낌을 금할 수 없다. 기교 운운의 제목이 화제의 결핍에서 나온 하나의 고책(苦策, 자신의 피해를 무릅쓰고 어쩔 수 없이 택한 방책)인지는 모르지만 아무리 좌고우면(左顧右眄, 이쪽저쪽을 돌아본다는 뜻으로, 앞뒤를 재고 망설임을 이르는 말)해도 소위 지나친 기교라는 것을 찾을 수 없기 때문이다.

소재의 시대성 및 사회성과 겨루려고 하는 작가에게는 그 표현 수법에 있어서 지지리도 재치 없음이 보이며, 부질없이 표현에만 치중하고 애쓰는 작가에게서는 정당한 기교의 성숙을 볼 수 없는 경우가 많다.

완벽한 기술을 갖추기에는 아직도 오십 보 백 보의 감이 있다. 문학의 수준을 말할 때 더 많은 기술에 그 척도가 걸려 있으니, 수준의 저열은 기

글
쓰는 것이 아니다
짓 는 것 이 다

술의 치졸함을 의미한다고 할 수 있다. 문학에서 표현은 글이 시작되는 그 첫 대문이자 마지막 대문이기 때문이다. 다른 학문에서의 표현 문제와 문학에서의 그것을 똑같이 논해서는 안 되는 이유가 바로 여기에 있다. 문학 이전의 문제이면서도 동시에 끝까지 문학과 겨루어 결정해야 하는 것이 바로 그 표현이다. 다시 말해 문학에 일정한 체모와 면목을 주는 것이 표현이니, 표현이 성역(成域)에 도달하지 못하였을 때 문학의 체모를 갖추지 못한 것이며, 따라서 떳떳하게 문학 행세를 할 수 없다.

유산도 변변치 못한 마른 땅에 이십 년쯤의 세월로 새 문학의 나무가 외국의 그것과 같은 키에 이를 수는 없으며, 아무리 조급하게 군다고 해도 오랜 세기에 걸쳐 이룬 깊은 연륜을 좁은 나무판에 주름잡아 넣을 수는 없다. 많은 사조(思潮, 한 시대의 일반적인 사상의 흐름)의 번안(飜案, 원작의 내용이나 줄거리는 그대로 두고 풍속·인명·지명 따위를 시대나 풍토에 맞게 바꾸어 고침)은 물론 주의(主意, 주장이 되는 요지나 근본이 되는 중요한 뜻)의 이입(移入, 옮겨 넣음), 각종 기교의 모방 역시 필요하다. 그러나 모두 삽시간의 날림에 지나지 않았을 뿐만 아니라 축소판을 넘지 못하였고, 저작(咀嚼, 음식을 입에 넣고 씹음. 여기서는 자기 것으로 만드는 것을 뜻함)이 부족하여 제대로 소화를 시키지 못했다.

그러니 시대의 사조를 담기에는 역부족이었다. 미처 알맞은 그릇을 준비할 수 없어 헤매고 설렐 뿐이었다. 오랜 세월을 두고 탁마(琢磨, 옥이나 돌 따위를 쪼고 갊) 된 그릇 대신 조제남조(粗製濫造, 조잡한 제품을 많이 만듦)의 목기를 사용했으니 모처럼의 진찬(珍饌, 진수성찬)의 격을 떨어뜨리고 만 것이다.

신리얼리즘의 기치를 높게 세우고 북을 둥둥 울린다고 해서 그 소리에 상응할 문학 기술이 하루아침에 땅에서 불쑥 솟을 수는 없다. 오랜 수련 과정이 필요하기 때문이다. 고골(Nikolai Gogol, 러시아의 소설가·극작가)을 거쳐야 하고, 체호프(Anton Chekhov, 러시아의 소설가·극작가)를 지나야 하며, 톨스토이까지도 몇 줄의 저작이 되어야만 한다. 그러므로 도정(道程, 사상이나 이치에 이르는 경로)이 짧고 흡수와 독창이 말할 수 없이 부족한 현재에 있어 기교 과잉의 난은 당치도 않을 뿐만 아니라 시기상조임이 틀림없다

이상(李箱)의 기교? 그에 관한 예술의 시비(是非, 옳고 그름)는 그만두고, 기교에 한해 그의 작품을 보더라도 그의 사상을 담기에는 아직 거칠고 서투르기 그지없다. 그러니 부질없는 기교의 난을 부린들 어쩌겠는가.

다음 제너레이션(세대)의 문학이 증대하고 있다. 그들에 의해 문학의 수준은 더욱 성장할 것이다. 그러니 과교(過巧, 지나친 기교) 논란은 그때쯤에 가서 다뤄야 할 것이다. 기교라고 해도 손가락 끝에 철필을 세우고 그 촉 끝으로 눈알을 희롱하는 것이 참된 기교는 아니기 때문이다.

"Ars est celare artem."

기교를 보이지 않는 것이야말로 참다운 예술이다. 말을 아끼지 말고, 덜고, 깎고, 자랑하지 말고, 뽐내지 말고—이처럼 문학에 있어서 참된 기교의 길은 매우 어렵다.

서도(書道, 글씨를 쓰는 방법. 또는 그 방법을 배우고 익히는 일)의 극치는 조솔고졸(粗率古拙, 조잡하고 옹졸한 글씨)에 있다고 하니, 곧 문학 기교의 길과도 통한다. 그것은 헛되이 풍윤(풍성하여 넉넉함)하거나 화려하지 않은 대신 낡고 옹졸한 곳에 수련된 명장(名匠)의 손길과도 같은 것이어야 한다. 나아가 홍차가 아닌 떫은 녹차의 맛이어야 하고, 사탕을 넣지 않은 쓴 커피의 맛이어야 한다. 하지만 이러한 경지의 숙달된 문학의 표본은 아직 문 앞에 보이지 않는다. 참된 기교의 길은 그만큼 멀기 때문이다.

－1937년 6월 5일 〈동아일보〉

첫 고료

이효석

─ 작가 생활의 회고

신문소설 고료(稿料, 원고료) 규정이 언제부터 어느 정도 정연하게 섰는지는 모르지만 잡지 문학의 고료 개념이 확호하게(아주 든든하고 굳세게) 생긴 것은 4, 5년 전부터로 기억한다.

《조광》,《중앙》,《신동아》,《여성》,《사해공론》등이 발간되자 소설부터 잡문에 이르기까지 작가들에게 일정한 고료를 주게 되었고, 이후 새로 만들어지는 잡지 역시 그 예를 본받았다. 어떤 잡지의 경우 종래의 관습을 깨뜨리고 새로운 개념을 수립하기 위해 원고를 청하는 서장(書狀, 편지) 끝에 "사(社)의 규정 사례를 드리겠습니다." 라는 한 줄을 첨가하기도 했다. 이 한 줄이 문학이 새 시대에 접어들었음을 알리는 첫 성언(聲言, 어떤 일에 대한 자기의 입장이나 견해 또는 방침 따위를 공개적으로 발표함)이 아니었을까 싶다.

글
쓰는 것이 아니다
짓 는 것 이 다

물론 이 일군(一群, 한 무리)의 잡지 이전에도《해방》,《신소설》등에서 고료라고 이름 붙은 것을 보내기는 했다. 하지만 극히 편파적(偏頗的, 공정하지 못하고 어느 한쪽으로 치우친. 또는 그런 것)인 것이었다. 비록 그 이전인《개벽》시대의 경우에는 어떻게 했는지 알 수 없지만, 어떻든 불규칙하고 편벽된 것이 아닌 본식(本式, 기본 방식)으로 고료의 규정이 생긴 것은《조광》등 일련의 잡지로부터 비롯되었다. 그러니 그것만으로도 차등지(此等誌, 잡지. 여기서는 고료를 지급한 잡지들을 통틀어서 말함)의 공헌이 적지 않다고 할 수 있다.

두말할 것 없이 문학의 사회적 인식이 커지자 수용(需用, 사물을 꼭 써야 할 곳에 씀. 또는 그 일이나 물건)이 더하고 상품 가치가 갖는 결과, 즉 작품에 처음으로 시장 가격이 붙게 된 것이니, 이런 점으로 보면 고료의 확립이 시대적인 뜻을 갖는다고 할 수 있다. 술이나 만찬으로 작가의 노고를 때우는 원시적인 방법이 청산되고 원고의 매수를 따져 화폐로 교환하게 된 것이니, 여기에 근대적인 의의가 있고 발전이 있다고 할 수 있는 것이다.

그렇다고 해서 고료의 확립을 계기로 문학의 성과에 일단의 진전이 시작되었다고 볼 수는 없다. 하지만 작품이 작품으로서 취급되게 되었을 뿐만 아니라 그것을 창작하는 작가의 심정에도 변화가 생겼다. 이에 따라 문학에 격이 서게 되었고, 문단의 자리가 잡힌 것 또한 엄연한 사실이다. 그러니 고료 확립이야말로 조선 문학사의 측면적 고찰의 한 계점(契點, 특별한 부분)이라고 할 수 있다.

물론 현재 30대 작가들이 처음 고료를 받은 것이 4, 5년 전, 즉《조광》등이 창간되면서부터 시작된 것은 아니다. 좀 더 일찍 ─ 나의 예를 들자면, 첫 고료의 기억은 15, 6년 전으로 올라간다. 고료라기에는 격에 어울리지 않을지 모르지만, 원고지에 적은 조그만 소설이 화폐로 바뀐 것은 엄연한 사실이다.

중학 4, 5년급 시절,《매일신보》에는 일주일에 한 번씩 증간되는 2면 일요부록의 문예면이 있었다. 그 시절 나는 일요일마다 4백 자 원고지 5, 6매의 장편소설을 투고해서 그것이 번번이 활자화되는 것을 보는 것이 숨은 기쁨이었다. 이에 근 반년 동안 수십 편의 소설을 투고했고 그것이 대부분 신문에 실렸다. 당시 갑상(甲賞) 십 원, 을상(乙賞) 오 원의 상금을 줬는데 ─《홍소》라는 소설이 을상에 들어 오 원을 받았다. 아마 이것이 고료에 관한 최초의 기억인 듯 싶다. 가난한 인력거꾼이 길에서 돈지갑을 줍게 되어 그것으로 술을 흠뻑 마시고 친구들에게도 선심을 쓰는 ─ 장면을 그린 소설이었다. 발표된 지 며칠 만에 문예부 주임 이서구 씨가 오 원을 들고 일부러 무명 학동(學童, 학생)의 집을 찾아준 것이다. 마침 밖에 나갔던 관계로 그를 만나지는 못했지만 ─ 따라서 지금껏 이서구 씨와는 일면식이 없지만 ─ 집에 돌아와 그 소식을 듣고 송구스런 마음을 금치 못하며 한동안 그 오 원을 매우 귀중하게 여겼다.

그 후에도 시와 소설을 무수히 보냈지만, 원고가 고료로 바뀐 것은 그 한 번뿐이었다. 그 외에는 실어주는 것만으로도 고맙지 않으냐는 눈치였다. 사실 이는 그 전후 모든 잡지의 경향이기도 했다. 그래서《조선지

광》,《현대평론》,《삼천리》,《조선문예》역시 거기서 벗어나지 않았다. 다만,《신소설》이 고료라고 일 원기원야(一圓幾圓也, 약 일 원 정도)를 몇 번 쥐어 준 일이 있었고,《대중공론》은 고료 대신 주정(酒情, 술)의 향연으로 정신을 빼앗으려 들었다. 사실 지금 술이 이만큼 늘게 된 것도《대중공론》의 편집장인 정(丁) 대장의 공죄(功罪, 공로와 죄과를 아울러 이르는 말)라고 할 수 있다.

《동아일보》와《조선일보》양지(兩紙)만이 단편과 연재물에 대해서 꼬박꼬박 회수를 따져서 지급했을 뿐, 잡지로는《조광》의 출현까지는 일정한 규정이 없었다. 이전《매신(每新, 매일신보)》의 부록 다음 시대에《동아일보》신춘문예에서 두 번 선자(選者, 작품 따위를 골라서 뽑는 사람)를 괴롭혀 이십 원과 오십 원을 받아낸 일이 있었지만, 이 역시 떳떳한 고료라고 하기는 어렵다.

《조광》이후 소설이든 수필이든, 잘되었든 못되었든 간에 1매에 오십 전의 고료를 받는 것이 많지도 않고 적지도 않은 현금(現今, 바로 지금)의 시세인 듯하며, 당분간은 아마 이 고료의 운명과 몸을 같이 할 수밖에 없을 듯하다.

-1939년 10월《박문》12

수상록

이효석

일상생활에서 회화(대화) 없는 날이 있다. 하지만 생활에는 아무 지장이 없다.

부부나 친구 사이에 하루에 몇 마디의 대화가 필요할까. 때로는 전혀 필요하지 않을지도 모른다. 그러면서도 그들 사이는 지극히 원활하다. 충분히 이해하는 침묵으로, 눈방울의 동정과 표정, 시늉으로 넉넉히 서로의 감정을 이해할 수 있고, 서로를 설명할 수 있을 뿐만 아니라 그 마음까지 알 수 있기 때문이다.

문학에는 대화가 지나치게 많다. 그러다 보니 극문학의 경우, 대화가 회의(懷疑)에 빠지게 하곤 한다. 물론 그것이 소위 '문학'이요, 인생 표현의 한 형식적 약속에 지나지 않는다. 하지만 간간이 부자연스러운 억지가 많은 것은 지극히 큰 흠임이 틀림없다. 따라서 묵극(默劇, 무언극)의 중대함을 알아야 한다.

글
쓰는 것이 아니다
짓 는 것 이 다

슬프면 슬플수록, 마음의 심연이 깊으면 깊을수록 사람은 말이 없어지기 때문이다. 돌과 같은 침묵만이 있을 뿐이다. 그런 점에서 무대 위에서의 독백이란 지극히 부자연스러운 것이긴 하지만, 여기에 극문학의 또 다른 힘이 있다고 할 수 있다.

인생에는 진행이 있을 뿐, 설명이 없다. 하지만 소설에서 설명이란 무용(無用, 쓸모없음)한 것이다. 칼날로 벤 듯한 묘사가 있을 뿐이다. ─그러니 이런 방향으로서의 순수소설이라는 것을 생각해보는 것은 어떨까?

명사와 동사만으로 결백한 직선적 · 단일적 · 최후적 표현!

형용사─그것은 꼭 필요한 것이 아니다.

사랑의 감정이 절대적인 것처럼 때때로 증오의 감정이 때때로 절대적인 경우가 있다. 그렇다. 사랑보다도 성격이 더 먼저이며 더 강렬하게 움직이는 때가 있다. 성격이 모든 것을 다 규정하는 것이다.

추(醜, 추함)를 사랑하는 마음 ─ 피부 종기의 표면을 만지는 것처럼 악마적 심사에서 나오는 것 같다.

정리 ─ 정리되지 못하는 영원한 과제, 생활 창조에의 적극성 ─ 인류 발전의 운명과 비결은 거기에 걸려 있다. 적극성만이 정리와 유쾌함을 가져오기 때문이다.

무서운 태정(怠情, 나태함)의 감정이 때때로 불현듯이 머리를 드는 때가 있다. 벌떡 일어나서 창을 열고 정리하고 나면 질시와 유쾌함이 올 것을 안다. 그러면서도 진득하게 누워 손가락 하나 까딱하지 않고 눈만 말

똥말뚱 뜬 채 불쾌함을 인고(忍苦)하고 있는 감정.

등에 땀이 배었을 때, 얼른 일어서서 옷을 벗고 목욕함이 옳은 것을, 가만히 참고 앉아 끈끈한 땀의 불쾌함을 그대로 인고하고 있는 정감. 아편을 마시고 나태(懶惰, 행동·성격 따위가 느리고 게으름)의 쾌감에 뼈를 흐붓이(가득) 녹이고 입을 벌리고 꼼짝달싹 못 하고 누워있는 그 타감과도 흡사하다고 할까—모두 불측한 멸망의 타감이다.

부정돈(不整頓, 정리되지 않음)의 미학, 난잡(亂雜, 어지럽고 복잡함)의 쾌감—게으른 종족의 피난소(피난처).

얼굴처럼 신비로운 것은 없다. 양 얼굴, 개 얼굴, 고양이 얼굴, 원숭이 얼굴, 사람의 얼굴…… 거울에 비치는 얼굴을 하루 동안 무심히 바라볼 때가 있다.

글
쓰는 것이 아니다
짓 는 것 이 다

독서

_이효석

　비교적 늦게 도스토옙스키를 읽으면서 세상의 소설가는 도스토옙스키 한 사람뿐임을 새삼 느꼈다. 고금의 수많은 소설가를 모조리 없애버린다고 해도 꼭 한 사람 도스토옙스키만 남겨 놓으면 소설 세계는 족한 것이다.

　인간을 그리는 것이 소설의 본도(本道, 올바른 방향)라면 도스토옙스키처럼 뭇 인간을 빠짐없이 잘 그린 작가는 없었다. 어느 인간이나 한번 그의 손아귀에 걸리기만 하면 뼛속까지도 허물어 벗기고야 만다. 그만큼 도스토옙스키는 무서운 작가다. 조물주에 버금가는 사람이거나 그렇지 않으면 악마이다. 보통사람이고서야 그렇게까지 인간의 비밀을 샅샅이 그려낼 수 없기 때문이다.

　나는 이제 와서야 뒤늦게 도스토옙스키 문학의 진미를 알게 된 것을 유감스럽게 생각한다. 전에도 그의 책을 읽지 않은 것은 아니지만, 오늘에 이르러서야 그의 문학의 뛰어남을 비로소 알게 되었다. 만일 일찍이 그의 문학을 통독할 기회가 있었던들, 오늘처럼 그를 이해하고 즐길 수 있었을까. 역시나 오늘 그를 알게 된 것이 다행인지도 모른다.

어린 시절, 체호프(Anton Pavlovich Chekhov, 러시아의 소설가로 근대 단편소설에서 가장 앞선 거장이자 19세기 말 러시아 사실주의를 대표하는 작가로 꼽힌다)를 통독한 일이 있었지만 그를 진정으로 알았다고는 할 수 없었다. 그런데 그를 안 것도 역시 오늘이다. 체호프를 읽으며 그때 놓쳤던 무수한 좋은 맛을 비로소 알게 된 것이다.

한 작가를 읽음이 빨랐다고 소득이 많은 것도 아니고, 늦었다고 그다지 손해가 나는 것도 아니다. 후대의 작가들도 이를 명심했으면 한다.

도스토옙스키의 문학은 답답하고, 어둡고, 심술궂고, 고약하고, 끔찍하고, 무섭고, 지루하지만, 그의 글의 핵심은 사랑이다. 그의 글에 나오는 인물은 대부분 우울하고, 괴팍하고, 성격이 복잡하고, 때로는 악마적인 성향을 띠지만, 그 바탕은 모두 착하고 여리다. 도스토옙스키는 의식적으로 그런 인물의 창조에 주의를 기울인 듯하다.

인생 유일의 이념을 사랑에서 찾는 것은 누구나 즐기는 일이다. 그런데 도스토옙스키를 읽을 때는 그것이 마치 금방 하늘에서 떨어진 새로운 이념이라도 된 것처럼 새롭기 그지없다. 그의 뛰어난 작가적 재능 때문이다.

하지만 그의 삶은 우울함 그 자체였다. 그러니 작품에서라도 사랑을 찾고 싶지 않았을까. 그러므로 그의 사랑은 언제나 새롭다.

지드도 비슷한 말을 한 것 같지만, 도스토옙스키는 위대한 산맥이다. 수많은 이야기의 광맥을 품은 위대한 산맥인 것이다. 뭇 산과 그 흐름 역시 여기서 시작된다.

근대 문학의 수많은 흐름의 근본을 캐보면 모두 도스토옙스키의 문학에서 발원되었다. 도스토옙스키의 문학이 근대문학의 모든 요소와 방향을 휩쓸고 있는 것이다.

오늘의 어떤 작가가 도스토옙스키의 무엇을 본받고 배웠는지 나는 실례를 들어 일일이 지적할 수 있다. 그렇듯 그의 영향은 크고 명료하다. 이는 누구도 부정할 수 없다.

-1942년 4월 16일

시인은 오늘 불러야 할 시의 소재가 뒹굴고 있는 청계천 다리 밑이며, 성 언저리의 빈민굴, 부랑아 수용소의 주변을 답사하고, 쓰레기통을 헤쳐, 거기서 아름다운 장미를 피워야 한다. 그것이 오늘 한국 시인들의 노래가 되어야 한다. 쓰레기통보다 더 추한 것이라도 상관없다. 요(要는, 중요하다고 생각되는 골자. 또는 요점이나 요지)는 이 추한 소재를 시인이 아름답게 처리하는 데 달려 있기 때문이다.

시의 소재에 대하여
노천명

　시에 관한 과제를 찾는다면 여러 가지가 있을 줄 안다. 우선, 시를 어떻게 쓸 것이냐는 것이 있을 것이다. 이에 시의 소재에 관해서 한번 얘기해 보고자 한다. 어떻게 하면 시를 좀 더 색다르게 쓸 수 있을까? 어떻게 하면 시어(詩語)를 좀 더 맑고 아름답게 고칠 수 있을까? 하는 것보다 과연 무엇을 쓸 것인가에 관해서 알아보고자 하는 것이다.

　하지만 본론에 앞서 미리 말해 둘 것이 있다. 다름 아닌, 시인이란 직업에 대한 일반 개념의 시정(是正, 잘못을 바로잡음)이 바로 그것이다.

　시인이란, 한가한 가운데서 시를 여기(餘技, 전문으로 하는 것이 아닌 취미로 하는 기술이나 재간)로 삼는 사람도 아니고, 별유천지(別有天地, 별세계)에 꿈을 꾸는 사람도 아니다. 당나라 시인 이태백(李太白)이 시를 쓰던 시절이나 지금이나, 시인은 결코 특별집단에서 호흡하는 별난 사람이 아니며, 더욱이 상아탑에서 나온 지는 이미 오래다. 그러니 시란 특별한 지식층의 사치품도 아니요, 여기(취미로 하는 재주나 일)는 더더욱 아니다.

시인은 마치 기계를 제작하는 직공과도 같으며, 직조 공장에서 비단을 짜는 여공과도 같다. 따라서 인류 사회에서 시를 짓는 하나의 직공으로 봐도 무방하다. 그러므로 시인이 시를 쓴다는 것은 결코 여기나 취미가 아닌 인생에 대한 준엄한 의무라고 할 수 있다.

구두 닦는 소년이 손이 오리발처럼 얼었음에도 영화 15도의 혹한을 극복하며 결사적으로 구두를 닦아 내듯이, 시장기를 참아 가며, 때로는 가슴이 꽁꽁 어는 고독한 환경에서도 시를 쓰지 않으면 안 되는 것이 오늘의 시인의 임무이다.

그 어느 시대를 막론하고 시인은 국민의 맨 앞에 서서 횃불을 든 채 민족이 나아갈 바, 즉 옳은 방향을 지시하는 예언자 역할을 하였다. 하물며, 그 나라와 민족이 평화를 누리는 시대에도 그렇거늘, 민족에게 그 어떤 무거운 운명이 드리워지고, 불의와 탁한 기운에 사로잡혀 있다면, 군중들이 발밑이 어두워 헛디디는 일이 없도록 횃불을 높이 들어줘야 하며, 끊임없이 희망과 격려를 불어넣어 줘야 한다.

자연 발생적인 영감(靈感, 신령스러운 느낌이나 예감)이나 시신(詩神, 시를 관장하는 신)으로부터 시를 받아 오던 때는 이미 지났다. 그러므로 이제 시인은 소재를 찾기 위해 현실 속으로 과감히 뛰어들지 않으면 안 된다. 현실로부터 눈을 감고 나비처럼 피해선 안 된다. 어디까지나 군중 속으로, 시민 속으로, 현실 속으로 들어가야만 한다. 그래서 골목 안아

글
쓰는 것이 아니다
짓 는 것 이 다

주머니의 하찮은 넋두리에도 귀를 기울이고, 악머구리(잘 우는 개구리라는 뜻으로, '참개구리'를 이르는 말) 끓듯 하는 저 자유시장 상인들의 비명 역시 들어봐야 하며, 때로는 정치가의 호화로움 속에 무겁게 자리한 고독한 얘기에도 귀를 빌려줄 필요가 있다. 그리고 그들의 고민과 의욕을 시를 통해 표현해줘야 한다. 그런 점에서 시인은 귀족들을 위한 아름다운 시 역시 아끼지 않아야 한다. 하지만 그보다는 서민들 속에 뿌리를 내려야 한다. 그런 시의 지반(地盤, 일을 이루는 근거나 기초가 될 만한 바탕)이야말로 녹음이 우거진 시의 새 영토이기 때문이다.

20세기 말, 이 난숙한 근대 문명의 고갯마루에서 인간으로부터 출발한 근대 문명이 이미 인간을 무시할 지경에 이르렀다. 이에 더는 이런 메커니즘 속에서 이태백처럼 현실 도피적인 시를 쓸 수는 없다.

시가 특별한 지식층의 사치품처럼 여겨지던 시대, 시인은 시의 소재를 찾기 위해 동자(童子, 어린 사내아이)에게 필낭(筆囊, 붓을 넣어 차고 다니는 주머니)을 메게 한 후 노새 위에 올라 명산대천을 찾아 떠났지만, 오늘의 시인은 저 남산 밑 월남동포(越南同胞, 해방 또는 6·25 후 남한으로 내려온 사람들)들의 판잣집이나 영천산(靈泉山) 꼭대기에 친 천막집 주변에 가서 시의 소재를 찾아야 한다.

오늘의 현실은 시인들이 구름을 노래하고 꽃이나 어루만지고 있는 것을 허락하지 않는다. 그보다는 우리의 노래, 민족의 노래를 불러야 한다. 장편소설을 쓰는 작가가 현지답사를 하는 것처럼, 시인은 자연(紫煙, 담배 연기)이 자욱해 눈을 뜰 수 없는 거리의 다방에서 일어나 새로운 시의 소재를 찾아 현지답사를 떠나야 한다. 밖에서는 여물을 먹고 있는 소의 입에 고드름이 달릴 지경인데, 방 안에서 시인이 생각하고 있는 바깥이란 도저히 맞지 않기 때문이다. 따라서 좀 더 절박한 현실을 응시하고 풍자하면서 생활의 가능을 발견해야 한다.

다방의 자욱한 연기 속에 시인이 파묻혀 있는 한 건전하고 아름다운 시는 나오기 힘들다. 이에 해방 후 홍수처럼 많은 시집이 쏟아져 나오고, 수많은 시인이 급조되었건만, 새롭고 좋은 시를 발견하기란 여간 힘든 것이 아니었다. 그러다 보니 차라리 소월의 시집《진달래꽃》을 끼고 다니며 '나 보기가 역겨워 가실 때는 말없이 고이 보내 드리오리다'를 줄줄 외우며 다니는 게 나았다.

시인은 오늘 불러야 할 시의 소재가 뒹굴고 있는 청계천 다리 밑이며, 성 언저리의 빈민굴, 부랑아 수용소의 주변을 답사하고, 쓰레기통을 헤쳐, 거기서 아름다운 장미를 피워야 한다. 그것이 오늘 한국 시인들의 노래가 되어야 한다. 쓰레기통보다 더 추한 것이라도 상관없다. 요(要는, 중요하다고 생각되는 골자. 또는 요점이나 요지)는 이 추한 소재를 시인이 아름답게 처리하는 데 달려 있기 때문이다.

-1956년

글
쓰는 것이 아니다
짓 는 것 이 다

오늘은 완전히 어지러운 난장판입니다. 그러나 불행 중
다행이랄까. 한쪽에서는 참다운 인생을 탐구하기 위해
자신을 희생하는 고결하고 아름다운 일이 계속해서 일
어나고 있습니다. 이에 우리가 가장 먼저 해야 할 일은
우리 머릿속에 자리한 선입관을 없애는 것입니다. 그러
고 나서 새로이 눈을 뜨며, 새로운 방법으로 사물을 대하여
야 합니다.

병상의 생각

김유정

사람!

사람!

그 사람이 무엇인지 알기가 매우 어렵습니다. 당신이 누구인지 알 수 없고, 내가 누구인지 당신 역시 모르기 때문입니다. 하지만 어쩌면 그것이 당연한 것인지도 모릅니다. 당신을 언제 봤다고, 언제 정이 들었다고, 감히 안다고 하겠습니까?

그러고 보면 당신을 하나의 우상(偶像)으로 숭배하고, 나의 모든 채색(彩色, 여러 가지 고운 빛깔)으로 당신을 분식(粉飾, 실제보다 좋게 보이도록 거짓으로 꾸미는 일)했던 것 역시 무리였음이 틀림없습니다. 그렇습니다. 나의 속단(速斷)에 지나지 않았습니다. 그러니 여기서 이만 끝내고자 합니다.

나는 당신을 정말 모릅니다. 그런데 일면식도 없는 당신에게 대담하게 편지를 썼고, 답장이 오기를 매일 간절하게 기다렸습니다. 그 편지가 당신을 얼마나 감동하게 하고, 얼마나 이해시키는지에 관해서는 전혀 관심이 없었습니다. 그러던 차에 당신으로부터 '편지를 보내는 이유가 도대체 뭐냐?'는 질문을 받고 깜짝 놀라지 않을 수 없었습니다.

나는 이제 당신이 누구인지 알 것도 같았습니다.

사물을 개념(概念, 어떤 사물이나 현상에 대한 일반적인 지식)지을 때 하나로 열을 추리(推理)하는 것이 곧 우리의 버릇입니다. 우리 선배가 그랬고, 오늘 우리와 함께 사는 사람들 역시 그러합니다. 그러니 그 질문을 통해 당신을 떠올리는 것 역시 그리 큰 잘못은 아닐 것입니다.

당신을 정말 본 듯도 합니다. 내가 지금까지 보낸 수많은 편지에 당신은 고작 — 편지를 보낸 저의(底意, 겉으로 드러나지 아니한, 속에 품은 생각)가 뭐냐? — 고 물었을 뿐입니다.

그것이 바로 당신입니다. 이를 통해 나는 당신의 명석함을 알았습니다. 당신은 나로부터 연모(戀慕)라는 말을 듣고 싶었을 뿐만 아니라 거기에 따르는 절대가치(絶對價値)를 행사하고 싶었던 것입니다.

그런 당신의 바람에 나는 나 자신을 바라보았습니다.

우울할 때, 외로울 때, 혹은 슬플 때면 친한 친구에게, 나를 이해해주는 친구에게 편지를 쓰곤 합니다. 혹 그것은 동성(同性)끼리의 거래가 아니냐고 물을 수도 있습니다.

좋습니다. 그렇다면 이런 이야기는 어떨까요?

몸이 아플 때면 돌아가신 어머님이 참으로 그립습니다. 여기에 대해서는 뭐라고 말하시렵니까? 그것은 모자(母子)지간의 천륜이매, 그것과는 확연히 다르다고 하시렵니까?

또 한 가지 좋은 실례(實例)가 있습니다.

우리는 마음이 울적할 때 방실방실 웃는 아이를 보고 자신도 모르게 웃음을 짓곤 합니다. 이것은 과연 어떤 이유일까요?

그러고 보면 우리가 서로 가까워지기 위해 노력하는 것이야말로 참다운 인생의 묘미일지도 모릅니다. 동시에 궁박한(몹시 가난하여 구차한) 생활을 위해 이제 남은 단 하나의 길이 여기에 열려 있음을 알 것도 같습니다. 그것은 마치 우리 머리 위에서 움직이는 복잡한 천체(天體, 우주에 존재하는 물체의 총칭)가 인력(引力)에 견연(牽連, 서로 끌어당기어 관련시킴)되어 원만히 운용되어 갈 수 있는 것과도 같다고 할 수 있습니다. 그렇다면 이 기능(機能)을 실제 발휘하게 하는 것이 언어를 실어 나르는 편지의 사명이라고 할 수 있습니다. 하지만 아무래도 좋습니다. 사실 나는 당신에게 실망을 주지 않기 위해서 연모한다고 했을 뿐입니다. 그런데 그때 갑자기 당신이 눈을 크게 치켜떴고, 이를 본 나 역시 깜짝 놀라고 말았습니다.

한 가지 묻고 싶습니다. 여성은 다른 사람에게 지극히 연모 받고 있음을 느낄 때 그렇게 무작정 올라만 가려고 하나요? 부질없는 탄식이 절로 나옵니다. 하지만 당신 하나로 인해 모든 여성을 그 틀에 규정(規定)지어서는 안 된다고 생각합니다. 이것이 물론 당신에게는 큰 실례가 될 수도 있습니다. 하지만 나는 이렇게 생각해보았습니다.

—근대식으로 만들어진 하나의 예술품—

왜 하필이면 당신을 예술품에 비유했을까요? 그 이유를 알고 싶습니까? 하지만 그 이유란 것 역시 그리 대단한 것은 아닙니다.

당신에게 편지를 쓰는 이유와 작품을 쓸 때의 이유가 조금도 다름없기 때문입니다. 만일 그때 그 편지를 쓰지 않았더라면 작품을 하나 더 갖게 되었을지도 모릅니다. 무슨 얘기인지 잘 이해되지 않을 수도 있습니다. 그렇다면 이해하기 쉬운 예를 하나 들어 드리겠습니다.

'연애는 예술'이라고 했던 당신의 말을 기억하나요? 당신은 나의 고백을 불순하다고 했을 뿐만 아니라 연애는 연애를 위한 연애로 하되, 행여 다른 조건이 있어서는 절대 안 된다고 하였습니다.

그렇습니다. 그 말이 더 큰 이유가 될지도 모르겠습니다.

당신 말을 듣고 전후 종합해보니, 문득 생각나는 것이 있었습니다. 현재 우리 사회의 일부를 점령하고 있는 예술을 위한 예술이 바로 그것입니다. 이는 실제 없는 일을 내 생각과 상상만으로 꾸민 것은 절대 아닙니다.

그들과 당신은 유복한 환경에서 똑같은 절차를 밟으며 살아왔습니다. 물론 이쪽이 저쪽의 비위를 맞춰가며 기생(寄生) 되어 가는 경우도 없진 않습니다. 그러나 당신은 학교에서 수학을 배웠고, 물리학을 배웠고, 화학을 배웠으며, 생리학을 배웠고, 법학을 배웠고, 그리고 공학과 철학 등 모든 것을 충분히 배운 사람 중 한 명입니다. 다시 말하면 놀라울 만큼 발달한 근대과학의 모든 혜택을 골고루 누린 사람인 것입니다. 그렇다면 당신은 근대과학을 위해서 그 앞에 나아가 친히 예하야(경의를 표하기 위하여 말이나 인사를 함), 참으로 친히 예하야 그 영예를 지키지 않으면 안 될 것입니다. 왜냐하면, 과학이란 그 시대, 그 사회에 있어서 가급적 진리에 가까운 지식을 추출하여 우리의 삶을 편리하게 유도하는 데 그 사명이 있기 때문입니다. 그리고 여기에서 또 하나 생각하지 않을 수 없는 게 있습니다. 근대과학과 우리 생활의 연관성이 바로 그것입니다. 이에 대한 대답으로 몇 가지 예를 들고자 합니다.

과학은 참으로 놀랄 만큼 발달하고 있습니다. 과학자들은 천문대라는 것을 세워놓고, 우리가 눈앞에서 콩알을 고르듯이 천체를 지켜봅니다. 일생을 바쳐 지질학을 연구하기도 합니다. 사람의 얼굴 혹은 콧날을 임의로 늘렸다가 줄이기도 합니다. 두더지처럼 산을 파고 들어가 금을 캐다가 수십 명이 그 안에 없는 듯이 묻히기도 합니다. 물속으로 쫓아가 군함을 깨트리고, 광선으로 사람을 녹이며, 공중에서 뭔가를 뿌리기도 합니다. 이처럼 과학은 놀랄 만큼 발달하였습니다. 그런데 이런 고급 지식이 우리 생활 어디에 도움을 주고 있는지 당신은 알고 있습니까? 굳이 설명하지 않아도 당신은 충분히 알고 계실 겁니다.

하지만 과학자들에게도 불만은 있을 것입니다. 이에 그들에게 불만을 물으면 '취미의 자유'라고 할 것입니다. 아울러 과학에 있어 연구대상은 언제나 그들의 취미 여하에 달려 있다고 할 것이 틀림없습니다. 다시 말해 과학을 위한 과학의 절대성을 말하는 데 있어 그들은 너무도 평범한 태도를 보이는 것입니다.

과학에서 얻은 진리를 이지(理知, 이성과 지혜)권 내에서 감정권 안으로 옮기는 것, 그것을 대중에게 전달하는 것이 예술이라면, 우리는 근대 과학에 기초를 둔 소위 근대예술이 무엇인지 금방 알 수 있을 것입니다. 그중 내가 종사하고 있는 문학에 대해서 알아보는 것이 편할 듯싶습니다.

우선, 적잖이 문제가 되고 있는 신심리주의 문학(新心理主義文學, 정통적인 모더니즘의 문학으로부터 종래의 심리주의적 경향의 문학과 신감각파의 작풍을 더욱 심화시켜 내면 정신의 세계를 외면의 세계와 마찬가지로 명확한 세계로 드러냄으로써 더욱 현실에 육박하려고 하는 심리적 사실주의의 방법을 취하는 문학)에 대해서 알아보고자 합니다.

예술의 생명을 잃은 그들에게 가장 중요한 것은 그 형식, 즉 기교(技巧, 문예 및 미술에 있어서 제작 표현상의 수단이나 수완)입니다. 그러나 현재 그들의 기교란 어느 정도 가능성을 보일 뿐입니다.

그들은 치밀한 묘사법으로 인간 심리를 내공(內攻, 병이나 병균이 겉이 아닌 속으로 퍼짐)하여 이내 산사람에게 유령(幽靈)을 만들어놓는 것을 자랑으로 삼습니다. 이 유파의 태두(泰斗, 어떤 분야에서 가장 권위가 있는 사람을 비유적으로 이르는 말)로 일컫는 제임스 조이스(James Joyce, 아일랜드의 소설가이자 시인으로 20세기 문학에 커다란 변혁을 초래한 작가)의 《율리시스》를 한번 읽어보면 충분히 알 수 있을 것입니다. 그에게 새롭다는 존호(尊號)를 붙여 대우하기는 했지만, 자세히 살펴보면 그는 졸라(Emile Zola, 프랑스 소설가)의 부속품에 지나지 않습니다. 졸라의 걸작 《나나》는 우리를 잠들게 했고, 조이스의 대표작 《율리시스》는 우리에게 하품을 연발시키고 있기 때문입니다. 말하자면 그는 졸라와 같은 잘못을 양면에서 범하고 있는 것입니다.

예술의 목적이 전달에 있는지, 표현에 있는지 적잖이 궁금해 하는 이들이 있습니다. 이는 사람이 먹기 위해서 사는지, 살기 위해서 먹는지 라고 묻는 우문(愚問)과도 같습니다. 표현이란 원래 전달을 전제로 하고 나서야 비로소 그 생명을 갖기 때문입니다. 다시 말하면 결과에 있어 전달을 예상하고 계략(計略, 계책과 모략)하여 가는 과정을 표현이라고 할 수 있습니다.

오늘날 문학 표현이 얼마나 오용(誤用, 잘못 사용됨)되고 있는지 아십니까? 이는 주문 명세서나 심리학 강의, 좀 더 대접하자면 육법전서(六法全書)의 조문해석과 같은 지루한 문자만으로도 충분히 알 수 있습니다.

예술이란 자연의 복사도 아니거니와, 자연의 복사란 것 또한 그리 쉽사리 이루어지는 게 아닙니다. 아무리 화소 높은 카메라라도 자연을 완벽하게 담을 수 없거늘, 하물며 문자만으로 인간을 복사한다는 것은 심한 농담에 지나지 않습니다. 더 심악(甚惡, 몹시 나쁜)한 건 예술을 위한 예술을 표방한다면서 함부로 내닫는 작가입니다.

그들은 고작 중학생 수준의 일기 같은 작문을 써 놓고 예술지상주의라는 핑계로 미봉(彌縫, 빈 구석이나 잘못된 것을 임시변통으로 이리저리 주선해서 꾸며댐)하려고 들 것입니다. 하지만 이는 실로 웃기지도 않은 일입니다.

그들은 묘사의 대상 여하는 물론 수법의 방식 여하, 나아가 치밀한 기록일수록 더욱 문학적 가치가 있다고 생각합니다. 하지만 이는 착각에 지나지 않습니다. 그 자신이 예술가가 아님을 말하는 것과도 같기 때문입니다. 마치 연애를 하는 데 있어 사랑은 둘째 치고 자신이 완전한 사람이 아니라고 고백하는 것과 같기 때문입니다.

　당신이 화려한 화장과 고급스러운 교양을 다른 사람에게 자랑할 때 그들은 자신의 작품이 얼마나 예술적인지, 다시 말하면 인류생활과 얼마나 거리가 먼지 다른 사람에게 자랑하고 있는 것입니다. 그 결과, 애매한 콧날을 잡아 늘이기도 하고, 사람 대신 기계가 작품을 쓰기도 하는 것입니다. 그러므로 예술가적 열정이 적으면 적을수록 좀 더 높은 가치의 예술미를 갖게 되는 것입니다.

　예술가에게는 예술가다운 감흥이 있고, 그 감흥은 표현을 목적으로 합니다. 또 거기에는 설레는 열정이 따르기 마련입니다. 나아가 열정이 강하면 강할수록 전달 방법 역시 완숙해지는 법입니다.

　예술이란 그 전달 정도와 범위에 따라 그 가치가 평가되어야 합니다. 기계에는 절대 예술이 깃들 수 없습니다. 그러니 예술가란 학교에서 공식적으로 두드려서 만들 수 없다는 말은 이를 두고 하는 말일 것입니다.

　그들은 모든 구실(口實, 핑계 삼을 만한 재료)이 다했을 때 마지막으로 '새롭다'는 문자를 번쩍 들고 나옵니다. 그러나 그 의미가 무엇인지, 그들의 설명만으로는 도저히 이해할 수 없습니다. 또 새롭다는 문자는 시간과 공간의 전환에만 그칠 것이 아니라 인류사회 전체에 적극적인 역할을 가져오는데 그 의미를 두어야 합니다. 그런 점에서 조이스의《율리시스》보다 봉건시대의 소산인《홍길동전》이 훨씬 더 뛰어난 예술적 가치를 지니고 있다고 할 수 있습니다.

이제 당신은 오늘의 예술이 과연 무엇인지 대충 이해했을 것입니다. 그러므로 당신의 연애는 예술이니, 연애는 결코 불순하지 않되, 연애를 위한 연애를 하라는 말 역시 어디에 근거를 두고 나온 말인지 대충 알았으리라 생각합니다. 더불어 근대예술은 기계의 소산이며, 당신이라는 사람 역시 기계로 만들어진 한 덩어리의 고기에 지나지 않음을 충분히 알았으리라고 생각합니다.

—근대식으로 제작된 한 덩어리의 예술품—

이제 내가 당신을 이렇게나마 부른 이유가 당신을 존중했기 때문이란 걸 어느 정도 알았을 것입니다.

얼핏, 당신은 행복해 보이지만 참으로 불행한 사람 중 한 명입니다.

자신의 불행을 모른 채 속없이 쥐어짜는 사람을 보는 것만큼 딱한 일도 없습니다. 육도풍월(肉桃風月, 글자를 잘못 써서 이해하기 어려운 한시를 이르는 말)에 날 새는 줄 모르는 사람들과 마찬가지로 요지경(瑤池鏡, 알쏭달쏭하고 묘한 세상일을 비유적으로 이르는 말) 바람에 해지는 줄 모르기 때문입니다.

당신에게는 생명이 전혀 없습니다. 그 몸에서 화장을 지우고, 옷과 장신구를 벗기면 남는 것은 벌건, 다만 벌건, 그러나 먹을 수 없는 한 육괴(肉塊, 덩어리로 된 짐승의 고기)에 불과합니다. 그러나 재삼 숙고(熟考)해볼 때 당신은 슬퍼할 이유가 전혀 없습니다. 왜냐하면, 당신이 완전한 사람이 되고 못되고는 당신의 노력 여하에 달려 있기 때문입니다.

오늘은 완전히 어지러운 난장판입니다. 그러나 불행 중 다행이랄까. 한쪽에서는 참다운 인생을 탐구하기 위해 자신을 희생하는 고결하고 아름다운 일이 계속해서 일어나고 있습니다. 이에 우리가 가장 먼저 해야 할 일은 우리 머릿속에 자리한 선입관을 없애는 것입니다. 그러고 나서 새로이 눈을 떠, 새로운 방법으로 사물을 대하여야 합니다. 하지만 그 새로운 방법이란 것이 무엇인지 나 역시 확실히 알지 못합니다. 다만, 사랑에서 출발한 그 무엇이라는 막연한 개념이 있을 뿐입니다.

사랑이라고 하면 우리는 부질없이 예수를 떠올리거나 석가여래(釋迦如來)를 들춰내곤 합니다. 하지만 그것은 사랑의 일부 발현은 될지언정 사랑에 대한 설명은 될 수 없습니다. 그 사랑이 무엇인지 우리는 전혀 알 수 없습니다. 우리가 본 것은 결국 그 일부에 지나지 않기 때문입니다. 다만, 한 가지 알 수 있는 것은 어느 시대, 어느 사회에서건 좀 더 많은 대중을 한 끈에 꿸 수 있으면 있을수록 사랑은 좀 더 위대한 생명력을 갖는다는 것입니다.

오늘 우리의 최고 이상은 그 위대한 사랑에 있습니다. 한동안 그렇게도 소란을 피웠던 개인주의는 니체의 초인설(超人說, 초인은 인류의 지배자이므로 모든 사람은 그에게 복종해야 한다는 사상) 및 맬서스(Malthus, 영국의 경제학자)의 인구론(人口論, 어느 시점부터는 기하급수적으로 늘어나는 인구로 인해 인구수가 식량의 양을 초과해 식량이 부족해진다는 이론)과 더불어 곧 사멸될 날이 올 것입니다. 그런 점에서 지금은 크로포트킨(Pjotor Alekseevich Kropotkin, 러시아의 혁명가)의 상호부조론(相互扶助論, 사회 진화의 근본적인 동력이 개인들 사이의 자발적인 협동 관계에 있다고 주장하는 이론)이나 마르크스의 자본론이 훨씬 더 새로운 운명을 띠고 있다고 할 수 있습니다. 다시 말하면, 나는 여자에게 염서(艶書, 사랑하는 사람에게 연모의 정을 써 보내는 편지) 아닌 엽서를 쓸 수 있고, 당신은 응당 그 편지를 받을 권리가 있습니다.

내 머리에는 천품(天稟, 타고난 기품)으로 뿌리 깊은 고질(痼疾, 오래되어 굳어 버린 나쁜 버릇이나 병폐)이 박혀 있습니다. 그것은 사람을 대할 때마다 우울해지는, 그래서 사람을 피하려고 하는 염인증에 다름 아닙니다. 이를 고쳐 보고자 팔을 걷고 나선 것이 현재 나의 생활입니다.

허황된 금점(金店, 금을 캐는 광산)에서 문학으로 길을 바꾼 것 역시 그것 때문입니다. 내가 문학을 하는 이유는 밥 먹고, 산책하는 것과도 같습니다. 즉, 내게 있어 문학은 하나의 생활입니다.

이제 당신에게 편지를 쓰지 않았다면 몇 편의 작품이나마 더 생겼으리라는 내 말이 뭔지 충분히 아셨을 것으로 생각합니다. 그렇다고 해서 당신을 업신여긴 기억은 없습니다. 만일 그렇게 생각하신다면 그건 당신을 위해서도 슬픈 일임이 틀림없습니다.

위대한 사랑을 알지 못하면 오늘의 예술이 바로 길을 들 수 없고, 당신역시 완전한 사랑을 알 수 없습니다. 그렇다면 위대한 사랑이란 과연 무엇일까요? 중요한 것은 그것을 바로 찾느냐 찾지 못하느냐에 따라 우리 전 인류의 여망(餘望, 남아 있는 희망)이 달려있다는 것입니다.

-1937년 《조광》 3월호

작품의 아기가 설 때처럼 유쾌한 일은 없다. 그 거룩한

맛, 기쁜 맛이란 하늘을 줘도 바꾸지 않을 것이며, 아무

리 큰 땅덩어리를 줘도 바꾸지 않을 것이다.

그러나 낳을 때의 고통이란! 그야말로 뼈가 깎이는 일이

요, 살이 내리는 일이다. 그러니 펜을 들고 원고지를 대하

기가 무시무시할 지경이다. 한 자를 쓰고 한 줄을 긁적거

려 놓으면 벌써 상상할 때의 유쾌함과 희열은 간곳없이

사라지고, 뜻대로 그려지지 않는 무딘 붓끝으로 말미암

아 지긋지긋한 번민과 고뇌가 뒷덜미를 움켜잡는다. 피

를 뽑는 듯한 느낌이란 아마 이를 두고 하는 말일 것이다.

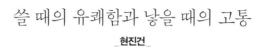

쓸 때의 유쾌함과 낳을 때의 고통
현진건

창작할 때의 기분을 써 달라는 부탁을 받았다. 그리 끔찍한 창작가도 아닌 내가 창작의 괴로움과 기쁨을 적기로서니, 과연 제삼자의 흥미를 끌 수 있을까. 생각건대, 이름도 모르는 촌부(村婦)가 평범한 아이를 낳는 이야기에 불과할 것이다. 하지만 위인걸사(偉人傑士, 위대하고 뛰어난 사람)의 어머니도 '어머니'로, 천한비부(賤漢卑夫, 천하고 신분이 낮은 사람)의 어머니도 '어머니'라 할진댄, 나의 작품 낳는 경로를 말하는 것도 무의미 한 일은 아닐 듯싶다.

작품의 아기가 설 때처럼 유쾌한 일은 없다. 그 거룩한 맛, 기쁜 맛이란 하늘을 줘도 바꾸지 않을 것이며, 아무리 큰 땅덩어리를 줘도 바꾸지 않을 것이다.

밥을 먹을 때나, 길을 걸을 때나, 또는 눈을 딱 감고 누웠을 때나, 나의 환상 속에서 뛰어나오는 갖가지 인물들이 각각 다른 성격으로 울며, 웃으며, 구르며, 한숨지으며, 속살거리며, 부르짖으며, 내 머릿속 무대에서 선무(旋舞, 빙빙 돌며 추는 춤)를 출 때며, 관현악을 아뢸 때, 나는 모든 것을 잊어버리고, 그저 취하며, 그저 유쾌하다. 더구나 그들이 제멋대로 제 성격에 맞거나 배경을 찾아 형형색색으로 발전해 나가는 광경 — 혹은 비장, 혹은 처참, 부슬부슬 뿌리는 봄비처럼 유한(幽閑, 조용함)하게, 푹푹 까치놀(석양을 받은 먼 바다의 수평선에서 번득거리는 노을) 치는 바다처럼 강렬하게, 백금의 햇발이 번뜩이는 듯, 그믐밤에 풍우(風雨)가 몰리는 듯…… 갖가지 정경이 서로 얽히고설킬 때 이보다 더한 감흥이 어디 있으랴. 이른바 법열(法悅, 참된 이치를 깨달았을 때와 같은 묘미와 쾌감)이란 이를 의미하는 것이리라.

그러나 낳을 때의 고통이란! 그야말로 뼈가 깎이는 일이요, 살이 내리는 일이다. 그러니 펜을 들고 원고지를 대하기가 무시무시할 지경이다. 한 자를 쓰고 한 줄을 긁적거려 놓으면 벌써 상상할 때의 유쾌함과 희열은 가뭇없이 사라지고, 뜻대로 그려지지 않는 무딘 붓끝으로 말미암아 지긋지긋한 번민과 고뇌가 뒷덜미를 움켜잡는다. '피를 뽑는 듯한 느낌'이란 아마 이를 두고 하는 말일 것이다. 한껏 긴장된 머리와 신경은 말 한마디가 비위에 거슬려도 더럭더럭 부아가 나서 견딜 수 없다. 이에 몇 번이나 쓰던 것을 찢어 버리면서 천품이 너무도 보잘것없고 하잘것없음을 한탄하는지 모른다.

이렇듯 글을 쓴다는 것은 몹시도 괴로운 노릇이다.

사람이 할 일이 비단 예술만 있는 것은 아니다. 하지만 무엇 때문에 '뮤

즈(Muse, 작가나 화가들에게 영감을 주는 여신)'의 재촉을 이렇게 심하게 받아야 하나라는 생각에 글쓰기를 여러 번 그만두기도 했다. 그러나 도저히 버리려야 버릴 수 없음을 어쩌랴. 한 달이 채 못 되어 예술의 충동을 걷잡으려야 걷잡을 수 없음을 어쩌하랴. 이에 아기 어머니 아기를 낳을 때의 고통을 참다못해 남편의 신을 돌려놓으라는 속담을 생각하고 스스로 웃은 적도 많았다.

얘기가 잠시 빗나갔지만, 여하튼 글을 쓰기 시작할 때는 이토록 괴롭다. 그러나 이틀이고, 사흘이고 이 고통과 번민을 겪고 나면 그다음에는 적잖이 수월해져서 하룻밤을 그대로 밝혀도 원고지 다섯 장을 채 쓰지 못하던 것이 차츰 열 장 스무 장을 쓸 수 있게 된다. 고통의 검은 구름장이 터진 틈으로 유쾌한 빗발이 번쩍하고 빛나는 것이다. 이따금 침침한 구름장을 뚫고 나타나는 눈부신 햇발! 이것조차 없었던들 한 조각 단편조차 이루지 못했으리라.

이렇게 한 편을 만들어놓고, 한 번 읽어보면 뜻대로 아니 된 구절에 눈썹을 잠시 찡그리기도 하지만 알 수 없는 만족감이 가슴에 흘러넘친다. 어떤 분은 다 지어놓은 작품을 뜯어버리기도 한다지만, 나는 한번 완성한 것을 없앨 생각은 꿈에도 없다. 잘생겼든 못생겼든 모두 귀여운 내 자식이기 때문이다. 이에 구구절절이 읽고 또 읽다 보면 감격에 겨운 눈물이 두 뺨을 적실 때도 있었다. 그 눈물 맛이야말로 달기 그지없다! 거룩하기 그지없다!

- 1925년 5월 《조선문단》

정신적으로나 육체적으로 그리 든든하고 풍부한 천품을 타고 태어나지 못한 나로서는 무엇을 깨닫고, 느끼고, 사색하는 것이 아직 많이 부족하다. 이에 펜을 잡는다는 것이 잘못이라는 생각마저 든다. 그러니 아직 수양해야 할 내게 어떤 요구를 하는 이가 있다면 그런 무리가 없을 것이요, 또 나 자신이 창작가나 문인을 자처한다면 그런 건방진 소리 역시 없을 것이다. 어떻든, 무엇을 쓴다는 것이 죄악 같을 뿐이다.

쓴다는 것이 죄악 같다

나도향

    글이라고 쓰기 시작한 지 이럭저럭 6, 7년이 되었다. 하지만 글다운 글을 써 본 일이 단 한 번도 없고, 남 앞에 글을 내어놓을 때마다 양심에 부끄러움을 느끼지 않은 적이 한 번도 없다. 살면서 스스로 느낀 점이나 직관보다는 다른 이의 청에 못 이긴 나머지 책임을 면하기 위해 쓴 글이 대부분이기 때문이다. 그러니 글로써 글을 썼다고 할 수 없다.

    더욱이 작년에는 몸이 매인 곳이 있어서 그 일을 하느라 글을 쓸 여가는 물론 어떤 때는 밥 먹을 시간조차 없었던 경우가 많았다. 이에 가끔 어느 잡지나 어느 신문에서 "소설을 써 주오.", "무슨 감상을 써 주오." 하고 요청하면 거절하기 일쑤였다. 하지만 거듭 부탁해오면 마음이 약한 탓에 차마 거절하지 못하고 승낙하고 만다.

    사실 온종일 일하고, 친구들과 어울리다 보면 밤이 늦어서야 겨우 집에 들어가게 된다. 그러니 펜을 잡으려고 해도 펜을 붙잡을 힘조차 없어 그대로 잠이 들어버리고 만다. 아마 이 생활을 어느 정도 아는 사람이라면 이에 어느 정도 동의할 것이다.

원고 마감일이 점점 다가오면 그제야 펜을 잡는다. 사실 몇 사람 안 되는 글 쓰는 이 가운데 나 한사람의 창작이면 창작, 감상문이면 감상문을 바라고 믿는 잡지는 경영자의 조급한 생각을 모르면 모르거니와 알고 나서는 그대로 있지 못할 일이다. 이에 하는 수 없이 아침에 눈을 뜨면서 펜을 잡는다. 하지만 나는 이를 하나의 모험이라고 부르고 싶다. 마치 지리학자나 탐험가가 약간의 모험심과 상상만을 가지고 미지의 길을 떠나는 듯하기 때문이다. 그도 그럴 것이 지금 시작한 첫 구절, 그 뒤에는 과연 어떤 이야기가 이어질지 써 보지 않고서는 도저히 알 수 없다. 거기에 또 얼마나 불충실함과 무성의함, 철저하지 못함이 있을지는 나 자신도 알 수 없다.

원고를 써서 잡지사나 신문사에 보내면 활자로 박아 내놓는다. 하지만 그것을 다시 읽을 때의 부끄러움이란 다시 말할 여지가 없다. 그러다 보니 글을 한번 쓴 뒤에는 다시 읽어 보는 경우가 극히 적다. 만일 이처럼 창작생활이 계속된다면, 나는 그 창작이라는 것을 내버려서라도 양심의 부끄러움이 없게 하고 싶다. 더욱이 안으로는 가정, 밖으로는 사회와 같이 내 마음대로 되는 운명을 갖고 태어나지 못한 데다, 정신적으로나 육체적으로 그리 든든하고 풍부한 천품을 타고 태어나지 못한 나로서는 무엇을 깨닫고, 느끼고, 사색하는 것이 아직 많이 부족하다. 이에 펜을 잡는다는 것이 잘못이라는 생각마저 든다. 그러니 아직 수양해야 할 내게 어면 요구를 하는 이가 있다면 그런 무리가 없을 것이요, 또 나 자신이 창작가나 문인을 자처한다면 그런 건방진 소리 역시 없을 것이다. 어떻든, 무엇을 쓴다는 것이 죄악 같을 뿐이다.

-발표 연도 미상

저자 소개

김동인

간결하고 현대적 문체로 문장 혁신에 공헌한 소설가. 최초의 문학동인지 《창조》를 발간하였다. 사실주의적 수법을 사용하였고, 예술지상주의를 표방하며 순수문학 운동을 벌였다. 주요 작품으로 〈배따라기〉, 〈감자〉, 〈광염 소나타〉 등이 있다.

최학송

신경향파의 대표적 소설가. 가난한 집안에서 태어나 어려서부터 각지를 전전하며 밑바닥 생활을 뼈저리게 체험하였으며, 이것이 그의 문학의 근간을 이루었다. 대표작으로 〈탈출기〉, 〈홍염〉, 〈폭군〉 등이 있다.

채만식

〈레디메이드 인생〉, 〈탁류〉, 〈태평천하〉 등 풍자적인 작품을 주로 쓴 소설가. 단편 〈세 길로〉가 《조선문단》에 추천되면서 문단에 데뷔하였다. 계급적 관념의 현실 인식 감각과 전래의 구전문학 형식을 오늘에 되살리는 특유한 진술 형식을 창조하였다.

김영랑

〈모란이 피기까지는〉의 시인. 잘 다듬어진 언어로 섬세하고 영롱한 서정을 노래하며 정지용의 감각적인 기교, 김기림의 주지주의적 경향과는 달리 순수서정시의 새로운 경지를 개척하였다. 1935년 첫 번째 시집 《영랑시집》을 발표하였다.

계용묵

단편 〈상환〉을 《조선문단》에 발표하면서 문단에 등장했다. 〈최서방〉, 〈인두지주〉 등 현실적이고 경향적인 작품을 발표했으나 이후 약 10여 년 간 절필하였다. 《조선문단》에 인간의 애욕과 물욕을 그린 〈백치 아다다〉를 발표하면서부터 순수문학을 지향하는 일관된 작품 경향을 유지했다.

박용철

잡지 《시문학》을 창간한 시인. 대표작으로 〈떠나가는 배〉, 〈밤 기차에 그대를 보내고〉 등이 있으며, 다수의 시와 희곡을 번역하였다. 비평가로서 활약하기도 하였다. 계급문학의 이데올로기와 모더니즘의 경박한 기교에 반발하며 문학의 순수성 추구를 표방했다.

김남천

카프 해소파의 주도적 역할을 하였고 사회주의 리얼리즘 논쟁에 대해서 러시아의 현실과는 다른 한국의 특수상황에 대한 고찰을 꾀해 모럴론·고발문학론·관찰문학론 및 발자크 문학연구에까지 이르는 일련의 '리얼리즘론'을 전개하였다. 대표작으로 장편 〈대하〉, 중편 〈맥〉 등이 있다.

허 민

《매일신보》 현상 공모에 단편 〈구룡산〉이 당선되어 등단하였다. 농촌을 중심으로 민족 현실에 대한 다채로운 깨달음과 질병(폐결핵)에 맞서 싸우는 한 개인의 실존적 고독 등을 작품에 담았다. 주요 작품으로 시 〈봄과 넘이〉, 소설 〈석이〉와 〈사장〉이 있다.

임 화

시인·문학평론가. 1926년 카프에 가입한 이래 중추적 역할을 하였고 〈개설 신문학사〉를 통해 체계적인 방법론을 갖춘 근대문학사를 시도하였다. 〈우리 오빠와 화로〉, 〈우산 받은 요코하마〉 등의 시를 발표하였고, 〈문학의 논리〉라는 평론집을 저술하였다.

이효석

근대 한국 순수문학을 대표하는 소설가. 한국 단편문학의 전형적인 수작이라고 할 수 있는 〈메밀꽃 필 무렵〉을 썼다. 장편 〈화분〉 등을 통해 성(性) 본능과 개방을 추구한 새로운 작품경향으로 주목받았다.

노천명

이화여전 재학 중 시 〈밤의 찬미〉, 〈포구의 밤〉 등을 발표하였고, 그 후 〈눈 오는 밤〉, 〈사슴처럼〉, 〈망향〉 등 주로 애틋한 향수를 노래한 시를 발표하였다. 널리 애송된 대표작 〈사슴〉으로 인해 '사슴의 시인'으로 불리고 있다.

김유정

1935년 소설 〈소낙비〉가 《조선일보》 신춘문예에, 〈노다지〉가 《중외일보》에 각각 당선됨으로써 문단에 데뷔하였다. 〈봄봄〉, 〈금 따는 콩밭〉, 〈동백꽃〉, 〈따라지〉 등의 소설을 내놓았고, 29세로 요절할 때까지 30편에 가까운 작품을 발표했다.

현진건

《개벽》에 단편소설 〈희생화〉를 발표함으로써 문단에 등장, 1921년 발표한 〈빈처〉로 인정을 받기 시작했으며 〈백조〉 동인으로서 〈타락자〉, 〈운수 좋은 날〉, 〈불〉 등을 발표함으로써 염상섭과 함께 사실주의 문학을 개척한 작가가 되었고, 김동인과 더불어 한국 근대 단편소설의 선구자가 되었다.

나도향

《백조》 동인으로 참여한 것이 계기가 되어 문단에 진출하였다. 초기에는 〈젊은이의 시절〉, 〈별을 안거든 울지나 말걸〉, 장편 〈환희〉 등 애상적이고 감상적인 작품을 발표했다. 그러나 이후 〈물레방아〉, 〈뽕〉, 〈벙어리 삼룡이〉 등 객관적이고 사실주의적 경향을 보였다.

글
쓰는 것이 아니다
짓 는 것 이 다

초판 1쇄 인쇄 2016년 10월 7일
초판 1쇄 발행 2016년 10월 14일

지은이 김동인, 최학송, 김남천 외
발행인 임채성
디자인 산타클로스

펴낸곳 도서출판 루이앤휴잇
주 소 서울시 양천구 목동 923-14 드림타워 제10층 1010호
전 화 070-4121-6304　　　　　**팩 스** 02)332 - 6306
메 일 pacemaker386@gmail.com
카 페 http://cafe.naver.com/lewuinhewit
블로그 http://blog.naver.com/asra21, http://blog.daum.net/newcs

출판등록 2011년 8월 30일(신고번호 제313 - 2011 - 244호)

종이책 ISBN 979 - 11 - 86273-17-3　　03800
전자책 ISBN 979 - 11 - 86273-18-0　　05800

저작권자 ⓒ 2016 김동인, 최학송, 김남천 외
COPYRIGHT ⓒ 2016 by Kim Dong In, choi Hak Seong, Kim Nam Cheon

이 도서의 국립중앙도서관 출판시도서목록(CIP)은 서지정보유통지원시스템 홈페이지
(http://seoji.nl.go.kr)와 국가자료공동목록시스템(http://www.nl.go.kr/kolisnet)에서 이용
하실 수 있습니다. (CIP제어번호: CIP2016022435)